中国散文 60 强

半生多事

王 蒙 / 著

北京联合出版公司
Beijing United Publishing Co.,Ltd.

图书在版编目（CIP）数据

半生多事 / 王蒙著. -- 北京 ：北京联合出版公司,
2024. 8. --（中国散文60强）. -- ISBN 978-7-5596
-7781-5

Ⅰ. Ⅰ267

中国国家版本馆CIP数据核字第2024WT2162号

半生多事

作　　者：王　蒙
编　　选：吴佳骏
出 品 人：赵红仕
出版监制：张晓冬
责任编辑：刘　恒
特约编辑：和庚方　张　颖
封面设计：立丰天

北京联合出版公司出版
（北京市西城区德外大街83号楼9层　100088）
三河市同力彩印有限公司印刷　新华书店经销
字数150千字　650毫米×920毫米　1/16　14印张
2024年8月第1版　2024年8月第1次印刷
ISBN 978-7-5596-7781-5
定价：65.00元

"中国散文 60 强"丛书

编委会

丛书总策划

　张　明　　著名出版人

编委主任

　邱华栋　　全国政协常委

　　　　　　中国作家协会副主席、书记处书记

编　委

　叶　梅　中国散文学会会长

　陆春祥　中国散文学会副会长

　冯秋子　中国作家协会原社联部副主任

　吴佳骏　《红岩》编辑部主任

　张　英　资深媒体人

　文　欢　作家、资深编辑

中华散文的文脉与发展

——"中国散文 60 强"总序

邱华栋

中国是诗的国度，亦是散文的国度。

穿越千年时空，从明清至唐宋，再由魏晋南北朝至两汉先秦一路回溯，汉语言文学中的散文实乃根深叶茂，硕果累累。无论是"唐宋八大家"之雄文美文，还是骈俪多姿的辞赋，以及名垂史册的《史记》《左传》，均为中国文学史上的璀璨明珠。"散文"与"诗"一道，成为中国文学的"嫡系"。尽管，后来从西方引进嫁接技术所催生的"小说"，大有"喧宾夺主"之势，终究还得"认祖归宗"，血脉和基因是无法改变的。

在中国散文流变历程中，曾出现过两次鼎盛期。一次是被文学史家所公认的"先秦散文"时期。其时，伴随着春秋时期的思想解放，诸子蜂起，百家争鸣，一大批散文家以饱满的气血、驳杂的学识和破茧的精神，创造出了散文的繁荣和辉煌局面，对后世产生了极大的影响。

到了"五四"时期，中国散文迎来了第二次鼎盛期。白话文如劲风激浪，吹刮和涤荡着神州大地。沉睡的雄狮醒来了，偃卧的小草开始歌唱。许多学贯中西的进步文人，肩扛文化变革的大纛，冲锋陷阵，掀起了一波又一波的新文学浪潮。《新青年》上刊载的散文，犹如一束束亮光，不但给人以希望，还给人以力量。"五四"以来的散文作品，无论是观念和主题，还是形式和风格，都跟以往的散文迥然不同。最具代表性的，当属鲁迅先生的散文（包括杂文），其刚健、凌厉的文质，疗救了中国散文长久以来颓靡不振、钙质疏流的顽疾。此外，周作人、郁达夫、朱自清、萧红、沈从文等一大批作家的散文创作亦各具特色，呈一时之盛，影响深远。

时代的前行催生了文学的发展，然而文学与时代有时并不同步甚至充满了"张力场"。"五四"的个性解放虽然催生了一批个性鲜明的散文精品，但这样的生态并未持续多久，中国散文的波峰出现了向低谷滑行的趋势。有论者指出，"散文在50年代既是对解放区散文文体意识的放大，又是对五四散文文体精神的进一步偏离。这种放大和偏离表现在个体性情的抒发让位于时代共性或者时代精神的谱写，政治标准优先于艺术标准，批判性为歌颂性所取代诸方面。"（董健、丁帆、王彬彬《中国当代文学史新稿》）1960年代初，散文创作一度出现了活跃，"专业"从事散文创作的作家群凸显出来，刘白羽、杨朔、秦牧相继登场，迅速成为散文界的三位名家。但他们的作品后人评价褒贬不一，认为其中颂歌式的写法较为单向，这种模式化的写作，不但对散文的建设毫无益处，反而扼杀了散文的个性和神采。

"文革"十年，中国散文更是一片凋零和荒芜，乏善可陈。1970年代末，一些历经浩劫的作家开始复血，解除思想枷锁，重新拿起笔来写作，中国散文才又凤凰涅槃，焕发生机。加之各种文学刊物纷纷复刊和创刊，以及大量西方文化读物的译介出版，更为这些饥渴、桎梏太久的散文作者提供了登台亮相的舞台和瞭望世界的窗口。

1980年代初期，伴随改革开放的热潮，思想解放大旗招展，文化随之繁荣，诸多承续"五四"精神的作家以笔为旗，抒发胸中压抑既久之块垒，出现了一批抒情性质浓郁的散文，使得现代散文这块"百花园"芳菲争艳，蔚为大观。特别是1980年代中期，随着作家主体意识的不断强化，中国文学开始呈现出一个崭新局面，作家从"集体意识"中抽身而出，重新返回"个体"，注重对生活的体察和内在情感的表达。这一时期，散文的艺术性得以强化，文本的精神内涵和表现空间得以拓展。

进入 1990 年代，社会发展日新月异，城镇化进程锐不可当，文化领域亦呈多元格局。各种文学思潮相互碰撞，人文精神的讨论更是打开了作家们的创作思路。"大散文"概念的提出，引发了散文界对散文的内涵和外延的重新讨论和界定。风靡一时的"文化散文"热，成为文坛上一道靓丽的风景。"新散文""原散文""后散文""在场散文"等散文流派"你方唱罢我登场"，争奇斗艳，各领风骚。

及至二十世纪末，一批深具先锋意识和文体自觉的新锐作家，像一头公牛闯入瓷器店，使散文天地发生了激烈的碰撞和变化，形成一股新的散文潮流，提升了散文的审美品质和精神向度。

纵观 1978 年至 2023 年四十多年来，中华大地在"改开"的黄金时代中，社会生活奔涌激荡，各种思潮风起云涌，散文创作更是云蒸霞蔚、气象万千，涌现了众多成就斐然、风格各异的散文作家和具有思想深度、艺术上乘的散文作品。岁月的流水冲走了枯枝败叶和闲花野草，中流砥柱却巍然屹立。时间留住了新时代的散文经典，经典在时间的长河中绽放光芒。以沙里淘金的经典散文向"改开"的时代致敬，是我们不可推卸的责任和义务。

别看散文的门槛貌似很低，要真正写好，却实属不易。优质散文是有难度的写作，它不但需要作者的智识、胸襟、眼界、修养和气度格局；更需要写作者的态度、立场、慈悲、良知和批判勇气。遗憾的是，散文创作繁荣和光鲜的另一面，却是大量平庸甚至低劣之作的泛滥，不但败坏了读者的胃口，而且造成了物质和精神的极大浪费。散文作家层出不穷，散文作品汗牛充栋，可真正能让人记住的散文佳构却凤毛麟角。

散文要发展，文学要前行。发展和前行就要从平庸的樊篱中突围。在突围的过程中，散文作家不可太"聪明"，不可太世故，要永存对文学的敬畏之心。一言以蔽之，散文的尊严来自散文作家的尊严。也可以说，要想散文繁荣，首先需要有一批人格健全，品德高尚，铁肩担道义的散文作家。什么样的人写什么样的文章。特别是写散文，最容易看出一个作家的内在品质和境界涵养。一个人格不健全的人，哪怕他作文的技法再高妙，也很难写出撼人心魄、抚慰灵魂的散文来。作家精神品质的高低，直接决定其作品的精神向度。

为了散文写作的突围和发展，为了建设独具特质的当代散文，也是为了更好地从经典散文中汲取营养，我认为有必要正视和重申一些常识性的思考。高头讲章的理论是灰色的，常识之树却葳蕤常青。

一、作家的个体精神决定散文的优劣。常言道，散文易学而难攻。难在什么地方，不是难在技巧，而是难在作家个体精神的淬炼上。倘若作家的个体精神不够丰富，不够深刻，不够清澈，纵使他手里握着一支生花妙笔，也写不出令人称赞的散文。那么，如何才能做到个体精神的丰富性呢，这就要求作家时时刻刻不背离生活，要知人情冷暖，体察人间百态，关心民瘼，有忧患意识，不要做生存的旁观者。一个冷漠甚至冷酷的人，是不适合从事散文创作的。

二、真诚是确保散文品质的基石。散文创作跟作家的生存经验息息相关，可以说，真正优质的散文，无不牵连着作家的血肉和心性。作家的喜怒哀乐，悲欢离合，都或隐或显地暗含在他的作品中。假如在一篇散文作品中，读者既看不到作者的体温，又看不到作者的态度，那这篇作品或许就是失败的。说明这个作者在他的作品中"说谎"或"造假"，缺乏真诚之心。作家一旦失去真诚，为文必定矫揉造作，作品也必定会失去生命力。因此，真诚是散文的"生命线"，也是"底线"。

三、个性是促进散文生长的养料。人无个性便无趣，文无个性便平质。当下，每年都会诞生数以万计的散文篇章，但能够让人记住，且读后还想读的作品并不多，何故？概在于这些数量庞大的散文，无论题材，还是语感都千篇一律，像是从"模具"中生产出来的，缺乏辨识度。散文要发展，必须要求作家具有"个性意识"。"个性意识"不是标新立异，更不是哗众取宠，而是一种"创新意识"和"审美意识"。但凡在散文创作方面被公认的那些大家，都是"文体家"，他们以自觉的写作实践，开创了散文写作的新路径。不合流俗方能独步致远，推动散文的建设和繁荣。

当然，以上几点并非创作散文的圭臬，谁也没有资格去为散文"立法"。

散文是自由的创造，散文精神即自由精神。我之所以提出来，仅仅是希望引起散文同行们的重视和参考，共同为中国当代散文的发展尽力增光。

我们策划、编选"中国散文60强"（1978—2023）的初衷，旨在对新时期以来的中国散文创作作出梳理、评价和选择，试图精选出风格各异的代表性散文作家，以每位一部单行本的形式，呈现出中国新时期优质散文的大体样貌。此项目的发起人为资深出版人张明先生。多年来，他一直追求做高品位的纯文学书籍，也曾连续多年与中国散文学会、中国小说学会合作，出版年度《中国散文排行榜》和年度《中国小说排行榜》。2023年他策划出版了《中国小说100强》，反响不俗。身处喧嚣、纷杂的环境，能以如此情怀和心力来为文学做如此浩大的工程，不能不令人钦佩！

感谢张明先生邀请我和叶梅、冯秋子、陆春祥、吴佳骏、张英、文欢组成编委会，共同遴选出60位作家。我们在召开筹备会的时候，即将作品的思想性、艺术性、代表性以及影响力作为编选的基本原则。在确定入选作家名单时，我们认真商讨，反复研究，生怕因为各自的眼力、审美和趣味之别，造成遗珠之憾。好在我们的工作得到了作家们的积极回应和鼎力支持，惠风和畅，大地丰饶。

60位入选的作家，既有令人尊敬的文学大家，如孙犁、张中行、汪曾祺、史铁生、邵燕祥、流沙河、刘烨园、宗璞、贾平凹、韩少功、张炜、梁晓声、阿来、冯骥才等。这批散文大家的作品，文风质朴、清朗、刚健，充满了"智性"和"诗性"。无论他们是写怀人之作，还是针砭时弊，歌咏风物，都有着鲜明的文化立场和审美取向。他们或出入历史，借古观今；或提炼人生，洞明世事，输送给读者的都是难能可贵的"精神营养"。

也有被散文界公认的名家，如李敬泽、王充闾、马丽华、周涛、冯秋子、叶梅、筱敏、张锐锋、周晓枫、于坚、鲍尔吉·原野等。这些作家的散文作品，特色鲜明，风格独特，诚挚内敛，从内容到形式，都作出了各自的探索和尝试，为当代散文注入了活力。从他们的作品中，我们不但能够领略汉语之美，更可以借此反观生活与存在，寻找人之为人的价值和尊严。

还有散文界的中坚力量和青年才俊，如彭程、谢宗玉、江子、雷平阳、任林举、塞壬、沈念、傅菲、吴佳骏、周华诚等。从他们的作品中，我们见到的，不只是中国散文的文脉传承，更是自由精神的张扬。他们文心雅正，笔力锋锐，不跟风，不盲从，始终保持着独立的思索和判断，在各自所开辟的散文园地中精耕细作，以崭新的姿态参与和推动当代散文的变革。

其实，细心的读者不难发现，入选本丛书的老、中、青三代作家都有个共性，即他们均在以自己的作品审视心灵，心系苍生，弘扬真善美，鞭挞假恶丑，充满了正义感和人道主义精神。这自然与时下众多书写风花雪月，一己悲欢，充塞小情趣、小可爱的散文区别开来。正是因为有他们的存在，中国当代散文才呈现出一幅绚丽多姿的长卷。

需要说明的是，有些重要的散文家，如张承志、余秋雨、王小波、苇岸、刘亮程、李娟等人，由于版权或其他不可抗原因，未能将他们的作品收录进来，我们深以为憾。

我们还要感谢北京立丰天文化传播有限公司的资金支持，感谢北京联合出版公司的精心编校，他们慷慨和无私的义举，对于繁荣中国当代散文创作、对于赓续中华优秀散文文脉、对于中国新时期的文化积累，均具重大价值和意义，可谓善莫大焉。这套丛书的出版意义将同《中国小说 100 强》一样，旨在给读者以经典的指引，这既是一项重要的原创文学工程，同时也是助力推动全民阅读和研究传播文化的公益工程。

郁郁乎文哉，中国散文有幸！

是为序。

2024 年 5 月 12 日星期日

（作者为全国政协常委，中国作协副主席、书记处书记）

目　录
Contents

第一辑　海的颜色

第一辑　海的颜色

天街夜吼

从平地上看泰山，实在看不出什么不同来。

仰望泰山，普普通通，比起任何你随处可见的俗山，并不更雄伟或更壮丽或更神奇或更险峻或更潇洒飘逸浑若上帝一不小心给玩出来的似的。你可能觉得，给你点时间，加上子孙后代，发扬后智叟精神，你也可能堆一座泰山。

爬上去，上了南天门，进入她的境界，你才叹服于她的恢宏与镇静。

泰山不是为了唬地上的众生的，不是为了仰视的；是为了登临的。

至南天门东行曰天街。石头铺好了平平的路，路口有卖当年武大郎兄卖过的炊饼的，虽然蜜斯潘金莲人面不知何处去，令人黯然神疲并赞扬改革开放带来的观念更新，街还是真像街。

至于天，自然是言其高也。入天门，行天街，头右甩，但见森森郁郁而又一目了然。泰安县如在掌中。津浦路如悬天上。宇宙辽阔，气象万端，高低起伏，阴阳明暗，远近曲直，风云寒暑，变化有定而又各得其所。游人纷乱如蚁。在大山大河大自然大宇宙面前，己身蜉蝣而已，于是想起几个装模作样要吃人的纸老虎或纸老鼠或活跳蚤，不禁哑然失笑。祝他们平安。

晚饭毕，便披上军大衣夜游天街。虽说是高处不胜寒，夜景仍然迷人。同行文友曰蒋子龙、范希文、毕玉堂，走过一趟，依石而坐，观星，观月牙儿，观灯，观黑影夜色。便觉渐入佳境，乃仰天长啸，引吭高歌，歌妹妹你大胆往前走，远处一位不相识的老哥便喊此歌不让唱了，略一困惑，继续唱自己的，不信唱这歌能割鸟。并紧接着唱我们共产党人好比呀种啊啊啊子，人民好奥比土啊啊地……颇有泰山石敢当之感。然后唱沙家浜人士郭连长所唱的听对岸响数枪声震恩恩芦荡昂杭昂杭及讴唛罗蜜藕——意大利那不勒斯名曲《我的太阳》。觉得唱得极为痛快。

人生能得几回吼？跟着感觉也不好走！

第二天起来，规规矩矩，客客气气。外甥打灯笼——照旧。

是日壬申五月初六，端阳后一日，西历六月六日，星期六，六六六六，或曰大顺，或曰六——啊，是没有门儿的意思。北京土话而已。

1992 年

海的颜色

海是什么颜色的？

提出这个问题，估计多数人回答：蓝的。

什么蓝？怎样的蓝？一定是蓝色么？

例如在渤海湾，我就没有获得过蓝海的感受。不论在大连、秦皇岛（北戴河）还是烟台，我看到的海基本上是草绿色的。阴雨天，海是灰蒙蒙的。阴雨天，天与海的色彩最为接近，相互"认同"，难分难解。浅海处常见黄褐色，可能是因为那里的沙滩是金黄色的缘故，浅海处因为涨潮退潮，因为风浪，因为游泳的人的折腾，把沙翻上来，便黄了，而遇到大风浪，便成了红褐色。风浪特大的时候，表面是白色的浪花——泡沫，往下是红褐色的海，好像是——用我的语言——麦乳精刚被沸水冲过。

渤海的颜色令人觉得温暖，亲切，随和；叫作"好说好说"。

一九八二年底八三年初我去南海，去西沙群岛，那里的海完全不同，那是深深的湛蓝色，阳光下映出一片金紫的光辉。阳光一接触到这样的海面便化做飞舞的金星,十分辉煌。飞鱼在海面上飞行。军舰在海面上行驶。海花庄严无声。海的颜色神秘、深邃、伟大而又寂静。人们说这种颜色是由于海非常深。确实令人觉得非常深,不可见底。这深深的蓝色令人肃然起敬。

我觉得这才是真正的原貌的海。

一九八七年我去意大利西西里岛的首府巴勒莫,去那里的蒙德罗区,我有机会几次下海游水。海滩的沙子全是白色的(是珊瑚沙么?我国南海诸岛的沙子也是白色珊瑚沙)。海水则是纯净的天蓝,晶莹的、明亮的、无瑕的、欲滴的;我要说是少年人的天蓝如玉,令人爱不释手,令人不忍前去劈水前游,令人观海而醉,流连难舍。在这样的水里游泳的时候,可以隔着海水看到海底白沙的一切形状和纹路,似乎比不隔水(即通过空气)还看得清清楚楚。只是游到深处的时候,往下一看,一片漆黑,漆黑中似有几根乱草在水中浮动,不由得汗毛倒竖起了几根。

一九八九年春季去法国,参加那一年戛纳电影节的开幕式,顺便看了看摩纳哥这个小国的风光。那儿的海也是天蓝的,但似乎比西西里岛附近的第勒尼安海颜色深一些。

不管海是什么颜色,用手掬起,却都无色透明地玲珑剔透,似乎这个海那个海以至与湖泊与江河并无区别。都是水,都是 H_2O 嘛。溶化了的盐也是没有颜色的。浪花又都那么白,白得叫人心碎。

1991 年

新疆的歌

黑黑的眼睛

在遥远的伊犁，几乎每一个本地人都会唱《黑黑的眼睛》这首歌，几乎每一次喝酒的时候都要唱这一首歌。

喝酒和唱歌这二者，从声带医学的观点来看是互相排斥的；从情绪抒发的角度来看却是一致的。

第一次听到这首歌是一九六五年冬天，在大湟渠渠首——叫作龙口工程"会战"的"战场"。我与农民们一起住在地窝子里。那里临时开设了几个食堂。寒冬腊月，食堂的厚重无比的棉帘子外面挂满了冰雪，也许不是雪而是霜，食堂里的水汽从帘子边缘逸出来，便凝结成霜。掀开这沉重得惊人的门帘，简陋的食堂里灯光昏暗、热气弥漫、烟气弥漫、肉香弥漫。更重要的是歌声弥漫，歌声激荡得令人吃惊，歌声令人心热如焚，冬天的迹象被歌声扫荡光了。

在关内的时候，我们也听过一些新疆歌曲。但是伊犁民歌自有不同之处，它似乎更散漫，更缠绕，更辽阔，没有开头也没有结尾，抒不完的感情联结如环，让你一听就陷落在那里，痴醉在那里。

从此我爱上了伊犁民歌。在伊宁市家中，常常能有机会深夜听到《黑黑的眼睛》的歌声。是醉汉吗？是夜归的旅人？是星夜赶路的马车夫？他们都唱得那么深情。在寂寥而寒冷的深夜，他们用歌声传达着对那个永远地长着"黑黑的眼睛"的美丽的姑娘的爱情，传达着他们的浪漫的梦。生活是沉重的，有时候是荒芜的，然而他们的歌是热烈的，是益发动情的。

　　后来我有几次与农民弟兄们一起喝酒唱歌的经验。我们当中有一位歌手，他是大队民兵连长，他叫哈里·艾迈德，他一唱，我们就跟，随着每一句的尾音，吐出了无限块垒，我傻傻地跟着唱，跟着呀，却总觉得跟不上那火热的深沉与寥廓的寂寞。

　　也有时候我不跟着唱，只是听着、看着哈里和别的人们的那种披心沥胆地唱歌的样子，就觉得更加感动。

　　一九七三年我离开了伊犁，一九七九年我离开了新疆。

　　一九八一年中秋节前后我重访伊犁，诗人铁依甫江与我同行。为了将《蝴蝶》改编成电影的事，长春电影制片厂的一位导演不远万里跑到伊犁去找我，一天晚上，我们一同出席伊宁市红星公社就是西公园附近的一次露天聚会。饮酒之际，请来了民间的盲艺人司马义尔，他弹着都塔尔，唱起了歌，当然，首先唱的仍然是《黑黑的眼睛》。

　　他的声音非常温柔。他的歌声不是那么强烈，却更富有一种渗透的、穿透的力量，那是一首万分依恋的歌。那是一种永远思念、却又永远得不到回答的爱情，那是一种遥远的、阻隔万千的呼唤，既凄然又温暖。能够这样刻骨铭心地爱，刻骨铭心地思恋的人有福了，能唱这样的歌，也就不白活一世了！看不见光明的歌手啊，也许你的歌声里充满了对光亮的向往和想象？在伊犁辽阔的草原上踽踽独行的骑手啊，也许你唱这首歌的时候期待着人群的温暖？歌声是开放的，如大风，如雄鹰，如马嘶，如季节河里奔腾而下的洪水，歌声又是压抑的，千曲百回，千难万险，似乎有无数痛苦的经验为歌声的泛滥立下了屏障，立下了闸门，立下了堤坝。

一声"黑眼睛"，双泪落君前！他一唱我的眼泪就流出来了！

伟大的维吾尔诗人纳瓦依说过："忧郁是歌曲的灵魂。"这又牵扯到一个民族的性格问题来了。你为什么那么忧郁？由于干旱的戈壁沙漠吗？你的绿洲滋润着心田。由于道路遥远音信难传吗？你的好马和你的耐性使你们的交往并不困难。由于得不到心上人的呼应、得不到知音？你的歌、你的舞、你的饮酒又是那样地酣畅淋漓！而你的幽默更是超凡入圣。

快乐的阿凡提的乡亲们，却又有唱不完的"黑眼睛"的苦恋。

我没有解开这个谜。虽然我自我标榜我对新疆、对维吾尔人的生活、语言、文字颇有了解。我至今学不会这个歌。虽然我喜欢唱歌、粗通乐谱、会唱许多歌、自信学歌的能力不差。那么熟悉，那么想学，却仍然不会唱。也怪了。

就让我唱不好、唱不出这首《黑黑的眼睛》吧。唱不好，但是我知道她，我爱她，我向往她。小小的一声我就能从万千音响中辨识出她。她就是我的伊犁，她就是我的谜一样的忧郁。至少是因为告别了伊犁，至少是因为它是唯一的我又喜爱又熟悉又至今唱不成调的歌儿。

阿娜尔姑丽

以喀什噶尔为中心的南部新疆的歌儿与以伊犁为中心的北疆的歌儿有很大的不同。如果说北疆民歌的代表是《黑黑的眼睛》的话，那么，南疆民歌的典型则是《阿娜尔姑丽》。"阿娜尔姑丽"的意思是石榴花，而这又是一个在南部新疆常见的姑娘的名字。这个名字很美。电影《阿娜尔汗》的主题歌就是根据民歌《阿娜尔姑丽》整理、配词而成。歌一开始便唱道：

我的热瓦甫琴声多么响亮，
莫非装上了金子做成的琴弦？

而民歌的起始两句，据我所知的一个版本是这样的：

夜晚到来我睡不着觉呀，
快赶开巢里的乌鸦，啊，我的人！

最后一个词是 bala，是孩子的意思，这里叫一声孩子，类似英语中的 baby，是一种昵称，姑译作"我的人"。

以《阿娜尔姑丽》为代表的南疆民歌似乎更具有节奏性，人们唱这些歌的时候似乎正迈着沉重有力的步子，似乎正在漫漫沙石戈壁驿道上长途跋涉，四周杳无人迹，远山上雪光晶莹，干峻的柴草在风中颤抖，行路者的歌声坚毅而又温情，我好像看到了歌者的被南疆的太阳烧烤成了紫酱色的脸庞。

也许他们是骑着骆驼唱这些歌的吧？在"沙漠之舟"上，他们体验着大地的辽阔、荒芜、寂静与神秘；他们也体验着自己内心的火焰的跳动、炽热、熬煎和辉耀。他们已经漫游了许多日日夜夜。他们已经寻求了许多岁岁年年。他们已经创造了许多城市乡村。他们热烈地盼望着更多的人间的情爱。

我永远不会忘我第一次受到这样的歌声的冲击的情景。那是在叶尔羌河东岸、塔克拉玛干沙漠西缘的麦盖提县，一九六四年，我住在县委招待所，准备去洋达克乡。招待所正在盖房子，每天早晨八时以后，来自农村的临时建筑工开始上班。有两个年轻的女人，她们不紧不慢地用抬把子抬砖，一边装卸，一边走路，她们一边大声唱歌。她们唱的是《阿娜尔姑丽》，她们的唱歌就像呐喊一样地自然、朴素、开阔、痛快，她们的唱歌就像呼唤一样地响亮、多情、急切、期待着回应，她们的唱歌又像是一种挑战，放肆地发泄，自唱自调，如入无人之境。她们戴着紫黄色的小帽，穿着红色的裙子，红色的裙子下面还有绿色的灯笼裤。这歌声响彻一个上午，中午稍稍歇息，又一直唱下去唱到太阳快要落山。她们的精力，她们的热情，她们的喉咙，似乎都有着无尽的蕴藏。

即使是生活在城市中，生活在忙乱中，生活在纷扰与风霜雨雪中也罢，想起这样的歌，能不为那股热流而心潮激荡么？

靛蓝的耶稣

当然，在欧洲旅行的时候，你到处都会看到教堂，看到圣母和耶稣的画像、雕像，看到早已经成为信仰与终极关怀的象征的十字架。教堂的气氛永远是肃穆、安详的，圣像的情致永远是高贵、清洁的，进出教堂的人们的表情永远是虔诚、良善的，而教士们的仪表永远是慈祥、谦逊的。也许这样的教堂对于极其世俗化物欲化的生活是一个很好的补充和调节，如果没有这样的教堂，会不会增多许多罪犯与疯子呢？

教堂的主要英雄是耶稣，耶稣由于被钉在了十字架上而至今令人感动不已。一九九四年我在当时旅居美国的儿子那里，听到过一个教士复活节上门讲道。他用夸张的与浑厚的声音问道："耶稣是为了谁死的？"然后他扫视了一下众人，大喝一声："为了你！为了我！为了他！为了她！为了我们大家！"然后他开始募捐，他说他要到捷克与斯洛伐克去，拯救那边的人众的灵魂。

各教堂里的耶稣像中有他在马厩里诞生的场面，有在圣母怀里的场面，有到处传教与呈现奇迹的故事场面，有"最后的晚餐"，等等。但更多的最具代表性的是钉在十字架上的图景：残酷，痛苦，悲哀，升华，超凡入圣。这里，被残忍地钉死的耶稣的神态是非人间非世俗的，他的脸面有一种平静和超脱的凝结，他的身体有一种伸展和奉献的大度，他的胡须有一种化解和顺通的引导。耶稣的样子与其说是一个被屠杀者受毒刑者，不如说是一个拯救者升腾者。我们现在常常讲什么超越自我，耶稣的形象是典型的超越自我的形象。那里具有的是拯救的使命与怜悯，回归天父那边去的安宁与自然，是一种拯救世人的必然、伟大牺牲的广阔与挚爱，是求仁得仁、足慰吾生、得其所终的最后的归宿。耶稣在被钉上了十字架以后，便上升到了永恒的天国，便离开了尘凡，进入了另一个境界。这样的十字架上的耶稣总会吸引你驻足皱眉，低头默哀，思索叹息，追寻基督教的奥秘，生与死的疑问，十字架的内涵……哪怕你并非教徒也罢。无神也有生死，有追问，有战栗，也有盈眶的热泪。

然而，在柏林西部的著名大教堂里，你看到了另一个耶稣，"他"被孤悬在迎面的蓝色镶拼玻璃墙上，在一片靛蓝的幽光映衬下，他低垂着再没有任何力量与情感，没有任何风息与波澜能够发生的头颅；树全静，风不起，他的身体松弛瘫痪，再没有任何痉挛反射哪怕是本能反应的遗迹，没有任何挣扎奋斗最后一搏或些微的痛楚：十字架上的耶稣在这里如同一个空荡的口袋，悬挂在万有已经寂灭坏死的空洞里。他表现为绝对的悲哀，故而不再悲哀，再不悲哀；表现为对人类的彻底失望，故而不再失望，再不失望；他表现为刺身刺心的疼痛，故而不再疼痛，再不疼痛。他没有神性，没有使命，没有信念，没有博爱，没有牧羊人对于羔羊的怜惜，没有拯救的责任与可能，没有复活的力量，没有天国的憧憬慰安，没有献身的充实的悲剧感，没有天父的依仗和盼头。总之，除了悲哀除了痛苦，除了失望除了绝望，他已经什么都没有，于是连失望绝望悲哀痛苦也已经蒸发净尽。

你从来没有见过这样悲痛或不悲痛的耶稣。这是一个被打倒了的被战败了的被消灭了的耶稣。耶稣还有遗体，还有躯壳，但已经没有了前途没有了目标没有了大愿（天主教用语，略同誓言）没有了能力。耶稣已经不是耶稣。那么，请问是哪一个撒旦把耶稣毁成了这个样子？可惜，耶稣的敌人不是魔鬼，不是犹大，不是法利赛人，不是邪教徒异教徒，而是人。

这样的耶稣是耶稣对人类的控诉，这样的耶稣是耶稣对人类的辞别文书。你无法不为这耶稣的痛苦而痛苦，你想到人类的罪孽，人类的不知自爱，人类的互相残杀，人类的贪欲、自我膨胀、自欺欺人、冥顽不灵、丑恶下流，人类自己制造了而且继续制造着正在使自己灭种使世界毁灭的奇灾大劫。你想到这个教堂是建造在柏林，建造在二次世界大战结束不久的战败国德国，建造在给人类带来罪恶的屠杀的法西斯的故乡，建造在二次世界大战的废墟里。它理应是这样，它只能是这样！就在隔壁，是战争中毁于轰炸的原柏林教堂遗址，德国人正确地决定不拆迁也不修复这个遗址，他们称这个残破的旧教堂为"纪念教堂"，让它的断垣残壁，让它的硝烟留下的黑色，让它的尸体的气息永远矗立在新教堂毗邻。

然而，我仍然没有说完全，你再仔细看一下这里的耶稣，你会发现，"他"不仅是悲哀不仅是痛苦，不仅是失望和绝望，还有一层，耶稣在为了人类而羞愧，而自责，而叹息，欲哭无泪，欲叹无声，欲恨无力，欲爱则已经不能。呵，我终于找到了你，西柏林教堂的耶稣！我曾想说你是悲哀的，我曾想说你是痛苦的，但是又有哪个钉上了十字架的耶稣是不悲哀不痛苦的呢？难道耶稣能够是快乐的或幸福的么？这个耶稣像最最冲击我的一点，最使我震动惊愕的一点也许应该说是那种已经不能再爱的决绝的放弃了吧。

人啊，听着，不要再撒娇和任性、放肆和骄纵、逞能和自以为得计了吧，上帝已经不再爱你！上帝已经决定放弃你了！

也是在九六之旅中，我更多地听到了德国人谈他们在战争中的经验。这样的经验十分重要，不仅对于发动战争而又战败了的德国人。

陪同我们在德累斯顿、魏玛、柏林参观访问的海佩春女士告诉我们，战争后期，那时她尚没有出世，她的全家从德国东部向西撤退，带着一个哺乳期的婴儿——她的姐姐。由于在火车上把携带的牛奶瓶子打翻了，她的父母只好中途下车为婴儿另寻牛奶。那辆她全家乘坐中途离开的火车在到达德累斯顿的时候遭到了英国空军的轰炸——英国空军错以为那是一列载满西撤的德军的运兵车——全车的人都被炸死了。我们在德累斯顿的时候看到过这次轰炸后满车厢死尸累累的照片。

我们也还听到过一个英籍女士的诉说。她曾经与一个英德混血儿同居。那个青年的母亲坚守自己的德国人立场，战争爆发前就带着他回到德国去了——那时候有多少德国人上了希特勒的能迅速使德国欣欣向荣面貌一新纳粹民族主义的当。他十五岁的时候即参加了法西斯的冲锋队。战后他受到了英国军事法庭的审判，由于他具有英国国籍，因此被判犯有叛国罪，服刑很长一段时间（我联想到李香兰，如果她没有找到证明自己的日本籍的文书，恐怕早已以汉奸罪被枪决了）。成为"自由"人后，这位英德人的精神仍然极端不正常，他一生都生活在战争和屠杀的记忆里，酗酒，斗殴，年轻轻的就毁掉了。

我们在德国看过战争阵亡者的坟墓：矗立的一个个一排排的十字架和文字说明，还有永远年轻的相片……

前些时候一个法国朋友与我谈到波黑地区的武装冲突，他说："一百年过去了，欧洲，似乎没有什么进步。仍然是巴尔干地区，仍然是欧洲的火药库……"

就在追记这篇小文的时候，传来北大西洋公约组织的意欲东扩与俄罗斯的反对，以及阿尔巴尼亚动荡不安的消息。更不要说德国近年来不断发生的排斥异民族事件了，这样的事件使德国也使世界十分警惕。

一家一本难念的经，近百年的世界上，不只是中国多灾多难。欧洲的战乱和屠杀的规模也许丝毫不逊于乃至大大超过了我们这里。

所以，西柏林这座教堂的黝蓝色的光照下，耶稣已经无能为力，耶稣只有垂下头来，耶稣只有听任欧洲还有人类自己尽情地起劲地毫不让步地毁灭自己。与过去相比，人类自我毁灭的力量大为增强了。

一九九六年六月二十二日，我是第三次访问西柏林第一次到这个由玻璃钢梁结构修建的现代风格的教堂。我们都为这悲痛已绝的耶稣像而受到了感动。我们在教堂里还谛听了巴赫的管风琴作品表演。虽然我喜欢巴赫也喜欢管风琴，听音乐的时候我还是目不转睛地注视着耶稣。

出了教堂则是另一幅景象，难得的是瞬间阳光晴丽。喷泉，喷泉池沿上有各种文字，其中有一汉字："春"。喷泉旁是一个商场，这一天是星期六，本来德国法律规定这一天与星期日各商店是必须休息的，否则就是违反了劳动法，不知道为什么这边有几家小店照常营业，只是货物价钱奇贵。

教堂前有一个小小的广场，有一些耍把戏的人在这里作街头表演。其中有一个须发已经灰白的男子，不停地通过操纵面部肌肉变脸，这边凹进去那边又凸出来。他的脸做出各种怪相，说小丑不是小丑，说妖怪不是妖怪，让人看着既佩服又难受。就这样一辈子？我不能不为之痛惜。海佩春说，他在这里作这样的表演已经很久很久。我也恍惚记得一九八〇年第一次与一九八五年第二次访问西柏林时可能见过这个可怜的人和他的怪样子。人老了就觉得什么都可能见过也可能忘记了。他用这种办法换取一些糊口的赏钱，其种种形态令人鼻酸。

广场边缘路边有一批摆地摊的炎黄同胞，都很年轻，有男有女，都拿着画笔画纸招揽生意为行人画像，看来他们都受过专门的训练，大多是国内的美术院校、专科或附中的毕业生，也许还有高材生吧，不然他们怎么会心比天高身为低下地闯荡到这里？一路走过去，并没有看见一个德国人停下来问津。他们会不会白白地坐一天而无所获呢？他们的表情是淡漠的。他们也曾抱着极大的天真的希望来到欧洲寻找人间天国的吧？自由，发达，欧洲是多么的诱人！然后是马克，马克呀马克，你在哪里？我的亲爱的同胞，你们没有去看看近在咫尺的耶稣像吗？

另一端是一个俄国人在手风琴伴奏下唱俄罗斯抒情歌曲，那歌曲的旋律我们是熟悉的，他的声音也还过得去，他曾是歌剧院的演员？他来自伟大十月革命的故乡？如果是四十五年前，他这样的歌唱家会不会以伟大苏维埃人的名义去访问兄弟的中华人民共和国，在怀仁堂赢得暴风雨般的经久不息的掌声呢？

再一头是路面画家，一个本地青年。他专心致志地在马路上画"蒙娜丽莎"，细细地涂着艳丽的彩色，有一种类似镶嵌艺术的工艺美。据说，他的目的仍然是为了向行人乞讨一点钱：以他的路面彩画，显示他的才能，提供行人的一眼愉悦，一眼惊喜，一眼怜悯；希冀得到一丝赏识或者同情，最后落实为一星半点马克芬尼。柏林这个教堂边的广场真是个有意思的地方。

我觉得这样的路面作画也是曾经看过的。

天很快又阴了，风吹过带着凉意。晚上我们到一个中国青年开的"太极"中餐馆去用餐，那个年轻老板好不容易在德国读下了学位，他学的是艺术史。读这个专业，又是华人，他很难找到学有所用的职业。比较起来，他的餐馆还是经营得成功的，他弄了一些中国字画点缀气氛，挂了一些剪纸之类的中国民间工艺品。他又开辟了餐厅的一角饮茶，挂着一个大茶壶的模型。我们在这里叫了所谓樟茶鸭与鱼香肉丝。饭后老板请我们去那清雅的角落喝茶，墙上的书法似乎写着唐诗之类。老板奉送台湾名茶，并且从账单中划去了饭桌上用的茶价。有两桌各有一个单身饮茶者，他和她都向我们微笑。我们谈论了中国文坛的一些近话，艺术史硕士对国内诸事倒也门儿清。远远谈起，觉得可笑的比可惊可叹的要多——不失为合适的佐茶小菜。也议论了两德合并以来的德国局势。说是拆毁柏林墙的时候曾经激动万分，哭的哭，叫的叫，抱的抱，跳的跳。一年过去了，又一年过去了，无形的墙依然存着，各种鸿沟，未见填平。民主德国的企业垮了，原民主德国人觉得自己成了二等公民；而联邦德国的税收愈来愈高，政府说是为了帮助原民主德国，这又让西部的人不平衡。尤其是墙拆掉以后，西柏林原来享受的"优待"反而没有了。过去，西柏林是西方势力在东欧阵营中安放的一颗钉子，一个孤岛，又是西方意识形态、生活方式与"民主自由"的一个橱窗，那时西柏林是不向联邦政府缴纳一点税的，居民纳税也很少，联邦政府每年还要给西柏林大量的财政补贴，以维持西柏林的繁荣美好，得天独厚。那时候，西柏林是"自由世界"里更自由的地方，奇装异服奇头怪发的髯客在西柏林最多，六十年代响应毛主席的号召闹红卫兵，在联邦德国也属西柏林最热烈。现在，就用不着照老样子对西柏林东柏林整个柏林娇生惯养了，于是好日子也就没啦……你也埋怨我也埋怨，你也不快乐我也不快乐。再就是柏林愈来愈脏，社会秩序也是愈来愈坏……老板有点愤世嫉俗，嫉人家的俗，因为生意走的不是上坡路，在外国挣钱谈何容易！经济并不景气世道也不见佳妙。一起用餐的还有我们的一位老朋友，她的父亲是老一辈的汉学家，她的父亲曾经是我父亲的朋友。我们可以算是世交。她现在靠失业救济金生活，又患了白癜风。她的老父告诉过我她的一句名言："我不知道我想做什么，但是我知道我不想做什么。"如此这般，一言难尽。

只是回到格兰德大饭店之后感觉良好。这里的崭新敞亮的套间与花篮里的鲜花当然既能带来居住的快乐也能满足虚荣。周六的德国电视节目最为有趣，叫作匪夷所思。我复习了这一天学到的几个德语单词，复习了这一天中午初到柏林之后在德瑞丽河泛舟的印象，许多教堂，许多古老的建筑，许多古老的石桥和街头雕像都令人神往，都给我以过去单单游访西柏林时所没有的感受。两极对立的世界和柏林至少令人知道这一部分人与那一部分人在做些什么。敌人或假想敌人的存在使人充实至少假想是充实。后来呢？人们能不能学会不在这种对立和厮杀中过日子？人们能找回耶稣么？

1997 年 4 月

蓝色多瑙河

————一种描述的可能

　　除了中学地理课本上讲过维也纳，我开始心仪维也纳当从阅读苏联作家巴甫连柯的长篇小说《幸福》的时候算起。那是一九五二年，我十八岁，每天忙着革命工作，晚上读各色各样的苏联小说。《幸福》的女主人公军医高烈娃与苏联红军部队一起从德国法西斯手中解放了维也纳。她给自己的情人、因病休息的红军政委伏罗巴耶夫的信里描写了维也纳的迷人的圆舞曲与葡萄酒。到了二十世纪末，我从别人的文章里知道了一些巴甫连柯的不良记录，他大搞个人崇拜歌功颂德，而且是一个置同行于死地的卑鄙的告密者。巴甫连柯的形象是毁了，然而，他描写的高烈娃、伏罗巴耶夫与维也纳却一直鲜活着。

　　一九八五年参加完在当时的西柏林举行的地平线艺术节后，我本来有访问奥地利的机会，但我放弃了。那时候我又是很忙很忙，不敢耽于旅游。许多人对于我的放弃无法理解，他们告诉我奥地利太美丽了，是一个不能不去的地方。我与维也纳见面便推迟了十一年。

一九九六年七月，终于，我应奥地利中国友好协会与奥地利文学协会之邀与妻子一起来到了维也纳。此前五月十五日，在开始我们此次欧洲之旅的时候，我们已经在维也纳机场逗留了一个半小时，以转机飞往伦敦。也许七月四日的这一次算是第二次到达维也纳了。不来便不来，一来便成双。

赴奥是为了参加"中国人心目中的和平、战争与世界观念"研讨会，实际内容则是谈中国的军事文学，杜鹏程的《保卫延安》，徐怀中的《西线轶事》与《阮氏丁香》……都是我们的研讨内容。会议是由奥中友协与美国一家大学合办的，美国那所大学也很有兴趣到维也纳开会（找个风景点研讨交流，这倒不仅是中国人的习惯）。由于起了一个大而好的题目，也由于奥中友协特别是它的主持人卡明斯基教授与奥国防部的良好关系，这次活动得到了奥国防部的支持。会议期间我们就住在奥国防学院附设的招待所里，中方应邀前来开会的还有前中国驻奥大使杨成绪夫妇与南京大学文学院院长董健。

住到有洋大兵站岗的外国军事单位，这对于我们是非常新鲜的经验。尤其是这所学院位于维也纳繁华的玛丽亚黑佛大街，而据说这条大街是过去东西方交换间谍的地方。由于奥地利在二次世界大战中是战败国，战后亦被苏、美、英、法四国占领。五十年代中期，占领军撤走，奥地利成立了由社会党执政的在国际事务中严守中立的政府。奥国一直与东西方都保持着良好的关系，所以奥地利便成了一个两面都要利用的微妙的地方。而维也纳的玛丽亚黑佛大街更是间谍活动的中心，是各种秘密谈判交易的中心。这条大街也是炒外币的地点，在这里的黑市上，可以贱价买到社会主义国家的货币。手里掌握了硬通货的外国人，包括驻苏的各国外交人员，为了避免在苏联东欧国家按官方比价兑换卢布吃亏，便都到维也纳来。

我站在这条大街上，追忆这些不甚了了的故（旧）事，觉得世界真奇妙，真愚蠢，变得又真快。而现在看到的只有教堂的圆圆的铜绿屋顶，众多的百货店和咖啡馆酒吧间餐馆，橱窗里的标价昂贵的商品（比德国的物价高），服装各异的熙熙攘攘的行人，其中一大半是四方来的游客；随风飘来化妆品、咖啡与炸鱼、面包圈的香气，传到耳边的则是汽车的沙沙声与不同种类的娇言软语。你只看到这是一个完全商业化的人欲横流的花花世界，你无法贴近它过往的神秘英勇阴险智慧轰轰烈烈的喋血故事。噫，多少强人豪杰、文韬武略、惊涛骇浪，在凡夫俗子们吃吃喝喝搂搂抱抱间灰飞烟灭了。这个世界是怎样的平淡，也许是枯燥化了啊。

顺大街向北向西走去，便是两座相连的王宫和博物馆。两组建筑排列成方形，中间是两个青石铺就的平整幽雅的空场，四面是雕饰繁复的古典殿堂，中央是铜雕群塑和喷水池。有漂亮的中世纪式、油漆锃亮而且比"林肯""凯迪拉克"更神气的马车搭载游客徜徉其间。进入这样的广场如进入历史，进入塞万提斯和巴尔扎克的小说（对不起，我没有读过那个乘马车时代的奥国作家的作品）。这里有美术馆和艺术史展览馆，我们在这里观看了独一无二的乐器史展和以国别划分的油画展。而艺术史展览馆前的广场，正是三十年代希特勒发表演说，宣布德奥合并的地方。说是当时多少奥国老妇人，被希魔的民族主义的"伟大"煽动而热泪滚滚如荼如火！

……我们在维也纳一住就是一个星期，和许多故事许多雕像近在咫尺。她是梦，却比梦结实；她是风景，却比风景随和；她是城市，却比城市潇洒；她是新朋友，却又一见如故，如故而又常觉不可思议。

众多的美丽曲折的历史与星星点点的新鲜感受令人迷失。漫步街头，专程造访，十步一景，百步一殿，雕像—广场—花园—剧院—商店—教堂，个个都天生丽质而又巧施梳妆，风姿绰约而又雍容华贵。维也纳的印象令人应接不暇。她的古迹，特别是宫殿与教堂，博物馆与展览馆实在是太多了，以至回想起来只觉得它们大、高、古，豪华而又美丽，强健而又陌生，各种印象重叠在一起，从而模糊失语。信息冲撞、闪耀，一时亮得刺眼，再进一步追求，便成就了一片黑洞。面对别一个新奇世界的时候，无知使人成为白痴，无知的旅游使好奇心变得怯懦。这种入于五里雾中的感觉是否也是一种漫游者羞于承认的乐趣呢？是不是正是此种模糊与空洞的喜悦，使人暂时忘记了一己的清清楚楚的生存压力与实实在在的生存困扰呢？反正在维也纳我没有想过那些污秽、诡计、蝇营狗苟、不愉快的人和事；即使云游欧洲，你也会获悉这样的精神污染——类似电脑病毒的有害信息的。

远在市郊的茜茜公主居住的美泉宫极其庞大，参观者车水马龙，奥国人喜欢这位具有自然之子性格的公主，中国人如我也因看过影片而认同公主的美丽与可亲。而公主的后半生的故事又非常悲哀——她的儿子怯弱早殇，她自己得到的王子的爱情也未能持久——当爱以恩宠的形式赏赐予人的时候，还能有爱吗？后来茜茜的神经崩溃了。我则相信，住在那么广大的皇宫和花园的女子，不会幸福。守在那么多美丽无言的洁白雕塑旁边的女子，不会幸福。待在这样的地方，她不是更觉到自己的渺小和失落了么？我在那里参观的时候也只觉得茫然，无奈，而又惊异于人的命运的独一无二与无法比量。陪我们看美泉宫的是卡明斯基夫人张宏滨女士，小张原是文化部的外事翻译，我在任的时候多次协助我会见外宾。后来一年过去了又一年过去了，其实也没有过去太多年。

奥地利军事博物馆是维也纳另一个给我震动的地方。其展品记载了奥匈帝国时期的赫赫战功，也记载了一些重大事件。她的历史同样充满了震耳的杀声与浓重的硝烟，英雄主义与争斗本能。像奥国皇太子在一次世界大战前被刺杀，这是历史书本上讲过的故事，而这里，可以看到那位太子坐的马车。我们应能在这辆马车旁听到刺耳的枪响。

我不知道奥国有这么多战争方面的经验，原以为稍稍浏览一下也就行了。卡明斯基引用奥国人的半带自嘲的话说："我们是一个小国家，但有一个大首都。"话中自有玄机。

维也纳市政府的豪华风格令人惊叹。粉红色与天蓝色的格调与精雕细刻的浮雕装饰，令你为它不好意思——太繁缛，甚至于是太奢靡了（对不起）。你乃叹为观止。原来人可以活得如此讲究，而讲究得可以如此麻烦。在这里卡明斯基夫妇请我们、杨大使夫妇和美国大学的院长与系主任夫妇吃了晚饭并且欣赏了古典歌舞。当用完主菜奏起《恺撒（中译皇帝）圆舞曲》的时候，侍者给我们端上来一碟叫作"恺撒的垃圾"的甜品，好像是大小块不等，包含若干碎块渣滓的奶酪鸡蛋饼，是有点作垃圾状。莫非垃圾也因了恺撒大帝的威名而高贵可口？这菜名里包含了嘲弄？嘲弄皇帝还是我们自己？施特劳斯最初是一个宫廷乐师，并且费了不少力气才得到宫廷乐师的职位。他的乐曲却受到了不仅贵族也有老百姓的喜爱。饭后人们伴着施特劳斯的舞曲翩翩起舞，只是我觉得我的翩翩实质只是两腿拌蒜。

至于城市公园里著名的约翰·施特劳斯金像，那更是维也纳的象征，明信片上、八音盒上、风光画册上到处可以看见这个雕塑的倩影。镀金的雕像是施特劳斯跷着一条腿拉小提琴，神态轻盈活泼，充溢着灵巧与快乐，青春与智慧，只是没有"伟大"。我觉得"他"身上表现出一种服务宫廷也服务众人的谦卑，就像我们见到的那些街头艺术家一样。倒是在没有见过这座雕像以前，我设想他或许会是一位得意扬扬的"精英"，不可一世的大师，他的眼睛应该眺望地平线以远的地方，他是该拿出××级的作曲家协会名誉顾问的派头来的。奥国宫廷是多么不会尊重灵魂工程师们啊。

维也纳是剧场最集中的地方，宫殿（真正的艺术的殿堂）风格的歌剧院和话剧院相傍而立，再走过去一点是古雅而又富丽的红宫——爱乐乐厅，每年新年的以演奏施特劳斯家族的作品为特点的音乐会在这里举行，向全世界包括中国播送。在每个新年的北京时间下午六点钟，也就是当地时间的正午，收看中央电视台转播的维也纳新年音乐会实况，已经是中国人过年的一个不可少的节目了。

在维也纳的市中心是精致而又宏伟的斯特凡教堂。以教堂为中心，辐射出去，街道上有许多旅游商店。围绕着教堂也有众多的露天咖啡馆。说是奥地利本来没有咖啡，是土耳其人与奥地利人作战时丢弃下了咖啡，才被这里的人学会享用。这是拿来主义。奥国人的喝咖啡已经在全世界有名——比土耳其更有名，他们能炮制出二百多种咖啡来。

这一带时不时地有街头演出。就在七月五日，我们到达维也纳的第二天，也是周末傍晚，我们来到这里，先是在街角听到一个样子三十来岁的不施脂粉的女演员唱歌剧选段，她的花腔女高音唱得十分正规，我听了一会儿给她放下了一些钱。继而在街心花园前是四名男子演奏弦乐四重奏，他们选的是莫扎特的曲子，奏得绘声绘色，一丝不苟，使你忘了是在街头，吸引了不少行人驻足观看，你想奥地利不愧是莫扎特的故乡。不时有人往他们眼前的盘子里放钱，一位有一把年纪的日本妇女，她放的钱比较多。另一端街口，则是俄罗斯演员的男中音独唱。他的成功就远逊于四重奏了，有点歌前冷落先令（奥国货币单位）稀。次日星期六，在玛丽亚黑佛街口打响了的是震耳欲聋的爵士乐队。

到处是音乐，到处是雕像，到处是古建筑，维也纳真是一个艺术的城市。也许这里可以提一下初到维也纳去西部郊区"维也纳森林"处欣赏"蓝色的多瑙河"时，远远望到的一座现代风格的高塔。向导告诉我那乃是垃圾处理塔，是由一个著名的艺术家把它设计成为抽象巨型雕塑的。中国人说不定觉得奥地利人耽于艺术已经走火入魔。教堂广场前有一处因其新奇的楼房而著名的地方。那所楼房，外壁涂成了红红绿绿的现代派图案，于是一批艺术家抢着住到那里。艺术，艺术，到处都是艺术，在维也纳艺术也许比食品还众多。或者更正确一点来说，有了食品以后，还有什么比艺术更重要呢？

　　关于街头演奏的事，我与当地朋友有一个讨论。从我们的心里，不免觉得艺术家跑到街头演唱演奏，几近乞讨，有辱斯文，令人酸楚。但是友人对此有不同的说法：他说，上街表演，都是有证件的，他们能在街头引吭高歌或演奏古典名曲，这是一个快乐，一种沟通，一个资格的认可，也是与公众共享艺术的果实。在这里，差不多人人需要艺术，时时需要艺术。不是说——例如半年进一次剧场，才有两个小时的艺术。艺术家靠自己的真本事挣一点钱，是光荣的。这里人人都要为自己的生存而奔波而辛苦，为什么艺术家不应该用自己的辛苦换取生存的条件呢？为什么坐在沙发上接受补贴就一定比街头演出敛钱更令人心安理得呢？你一面标榜独立，一面伸手要补贴，这是很合乎逻辑的吗？其实街头表演，你给一点我给一点，收入并不菲薄，观众按质论价自愿赞助，心情反而愉快，演员也更快活。友人进一步解释说，这不正是"为人民服务"吗？当然，最有质量的演出不会是在大街上，那要进剧场。而这里进一次剧场是不得了的事情，演员观众都得投入大量精力、时间或金钱，没有几个大红大紫的人物可以总是在剧场观赏或总有机会在舞台上演出。剧场演出之外，有一些演也方便，看也便宜的街头演出，演的都是好东西，有何不好？再说这样的演出给城市也给街道增加了艺术的气氛。是不是呢？

　　他说的似乎也可以参考，录以存照。

　　维也纳的艺术氛围令人难忘。就在我们逗留奥国期间，每天市政广场免费放映各国电影，而体育场正在组织世界三大男高音帕瓦罗蒂、多明戈和卡列勒斯的联袂演出。只是票价太贵了，据说这场演出在票务方面没能得到预期的成功。离我们住的地方不远，有一个大广场——

不是为了集会，而是为了喝咖啡。在这个著名的咖啡广场上，每天晚上都有音乐的演出。这里的广场极多，它们是为了咖啡和音乐、购物和休闲而不是为了别的，我想到了腐烂和幸福两个意义相悖的词，这也令人遥远而失语。

奥地利确有自己的不同处。她有她的风格。她使用的是德语，听起来觉得他们讲德语有点后音上挑。卡明斯基这样总结奥国人与德国人的不同：德国人生活是为了工作，而奥国人工作是为了生活。他们喜欢嘲笑德国人，欧洲他处也有此类情形，这也是二次世界大战的后遗症吧。友人又说：奥国人更像中国人，他们办事比较灵活，如果做某件事情受阻，奥国人会想方设法绕过去。

为生活而工作，这就是说奥国人更善于生活了。对此，我听到了汉学家李夏德的一个解释。

七月六日星期六，任教于维也纳大学的李夏德讲师在细雨霏霏中接我们离开维也纳到近处一些小城镇去玩。到了米奥德岭、巴登、德克托孜多夫、罗道恩等处。每个小镇镇政府前都有一个小广场，广场中心都有一个高耸的、大半是镀金的圣母像，这个像上有十字架，有天使，有圣母，有朵朵白云。李夏德说这像是为了纪念二百多年前在这个地区流行的一次瘟疫中丧生的人们而修建的——那次疫病使这里赤地千里，后人岂敢忘记？（在我们中国，如果修这一类灾变的纪念雕塑，需要修多少呢？）广场边也都有一个教堂。疫病灾难使人怵惕也使人反省，叫作忏悔的吧，于是宗教信仰更加笃诚了。

细雨中我们来到了一个叫作古姆波茨克辛的小镇，这里到处是葡萄园，到处是乡村酒吧。乡村酒吧获准自酿葡萄酒，只限于在本酒吧供应饮用，不得拿到市场上去。所以，这里的酒吧的酒各有各的风味，彼此不同，与大规模生产、装瓶上市直至出口远销的葡萄酒包括名牌酒更加不同。这里的酒具有一种家庭土造，更纯粹、更个人、更随机、更原始，所以更正宗、更带有偶然性的品质。

来到这种小小的"富"乡僻壤的酒吧饮用土造家酿，便获得一种特殊情趣，为于大餐厅完美的服务下饮用进口世界名牌酒水时所无。严格地说，一切手工业产品，每一次的出产都不可能和另一次完全相同，因为人非机器，人难于绝对地重复自己。这就使手工业产品的魅力永远为大规模流水线的产品所不及。尽管大规模流水线生产遵循的可能是经过严格优选的最科学最合理最经济的配方和工艺，但是最最合理的结果造成的很可能是最最的遗憾——千篇一律，类型化和标准化，不可能符合不同的人的，而同一个人也是不停地变化着的，因此自己也不可能总是和自己相同的时时不同的与个个不同的口味。最佳化的要求听来虽然合理，却孕育着一律化样板化的危险。一九九三年在美国待的时间略长了一点，我在充分赞扬超级食品市场供应的方便与丰富的同时，便感到了这种把炊事工业化、最佳化和标准化的做法的遗憾。人为什么愿意吃自家做的饭食呢？恰恰因了它的并非最佳，它有可能失败。每次做饭都带一点冒险性，都会出现一点自己没有料到的结果。人生的魅力不就在这些变数中么？宁要变数，不要排他的最佳，这是我的一点心得。

我们找了一个有美丽的庭园的地方，与其说是酒吧，不如说是一个枝叶纷披、花团锦簇的农家院落。虽然细雨愈下愈密，小风阵阵，吹得愈来愈凉愈来愈紧，而室内也有位子；我们还是在户外花园中找了一张廊檐下的桌子坐下来。整个花园只有我们三个人，本来坐满了可以有上百人的，不免显得凄清。雨珠在枝叶上和遮阳伞上滚动，房檐上下跌的水珠连成线线，树叶簌簌，水滴答答，石桌淋淋，布椅泅泅，坐着我们三个人，两个来自遥远的北京，一个是精通中文的维也纳大学讲师。雨天的花园像是一幅中国水墨画，墙壁在阴雨中歪斜晃动。风雨飘摇的花园因了三个客人的存在而强打精神。我们三个人因了凉风而不断抖擞自己,因了只有我们三人而觉得雨与雨中的世界无边无际。单是这一坐就创赏雨的新情调了。

我们点了共四种白葡萄酒,都是散装酒放置到类似做化学实验用的烧杯一样的标有刻度的容器里。当今世界,酒瓶的发展方向是日益豪华绮丽,瓶子曲流婉转,商标辉煌金碧。及至见到返璞归真的无包装的包装反而令人欣喜。我与妻根据李夏德的提示,拼命体味每种酒的不同滋味,虽然不能算是很得要领,却寻找了也当真依稀找到了新鲜的碧绿的葡萄的感觉。多瑙河畔的阳光和雨水,施特劳斯故乡的奥匈帝国人的精灵,茜茜公主的开怀畅笑与悲哀刻骨,维也纳森林的浓荫花簇,所有这一切都凝结于升华于融化于透明中带着天然的青绿色或者更为微杳的琥珀色的酒里了。

我要说第一种酒生涩如新耕的泥土徘徊。第二种甘甜如夏天的玫瑰风韵。第三种清爽如汩汩的山泉洗濯。第四种悠远如夕阳下的钟声自赏。它们淡酸微甜浅涩,非人工的泥土香如青草嫩柳,洁质如脂如玉,饮之如苦如饴。雨下得愈大我们愈要饮,身上愈凉愈要酌,天色愈沉愈要品味,尝出至味了更要加饮加深体味,马虎过去了辜负了大好泼醅,那就在下一口啜饮时补齐找回。遐想来之偶然来之缘深饮之有趣,便愈要与土造葡萄酒好好亲近,莫负良辰。呷之爽口,咽之暖心却又清心,晕头却又按摩了熨帖了全身。咽下去,颊齿温柔,悠然怡然;回味起,朦朦胧胧,款款楚楚。喝到最后,一阵忧郁,险些泪下。这是什么玉液琼浆,这样酸涩而又这样甘美,这样融化却又心波不已,这样的美酒能喝几日?这样的美景能看几遭?这样的感受能向谁人诉说?看了喝了不过是又忘却脑后。而生活得艰难愤怒粗劣的人还很多很多。人生苦短,人心苦险,到处都有不平事,物欲蒙蔽而身非所有,孰能生受,孰能有福、快乐而自由?在这个凄风苦雨、角心斗力的世界——战场上,美酒于我何物,细雨于我何物,微醺于我何物,奥地利与欧洲的大千风姿于我何物哉！此番饮酒古姆波茨克辛是那么没有逻辑，那么像是一次误入，一次茫茫人海中的不期邂逅。油壁香车不再逢，浮云游子各西东，葡萄院落融融雨，柳絮池塘淡淡风……

李夏德与我们谈天，他说奥地利从前是强大的奥匈帝国，这个大国也曾经野心勃勃。第一次与第二次世界大战，奥国都是战败国。每战败一次，奥地利的国土就缩小一次，到今天，她已经是一个小国了。现在，"我们对于国际政治国际利益与霸权的争夺也已经失去了兴趣，现在我们要的是葡萄酒，是圆舞曲，是咖啡，是树林和草地……"他说。他还讲了他父亲的遭遇：二次世界大战中被苏军俘虏，七年后遣返，现在靠着国防部发给的养老金生活。

"一个国家、一个人也像一篇文章，每受挫一次就要删节一次，几经删节，失去的也许是水分，而留下的是精华。"我安慰他说，同时为他父亲的大难无恙的好运道而庆幸。

漫长的下午在不期的漫饮中度过，然后进餐室买一点火腿面包，一点咖啡甜品，草草吃罢，啜完葡萄酒的最后几滴，我们又上路巴登。巴登虽小，却有贝多芬故居，一座两层小楼。百余年前一代宗师的贝多芬在这里写下了辉煌饱满的第九交响乐。据说奥国人有一个玩笑话，他们说贝多芬是德国人，但是长期生活在奥地利，所以成为了贝多芬，而希特勒其实是奥国人，"发迹"在德国，所以成就了大恶魔——也是淮北为枳，淮南为橘的意思，取笑而已。一国如一人，总要活下去，也总要精神胜利。

归途上我们顺道去看望李夏德的父母，他们都已年过八旬，老态龙钟，老太太前不久因撞车骨折，行动不便。他们生活简朴，性格乐观，住房不宽。两位老人还唱了几首奥地利老歌，以示欢迎来自中国的远客。李夏德与父母的亲情令人感动，虽然，德语里大概没有"孝"一词。

李夏德次日就到伦敦开会去了，到我们离奥他也没有回来。中间我接到过几次他自伦敦打来的电话，我告诉了他对于这一个半天的丰富感受。

至于我们的会议，于七月十日便匆匆地开过了，会后还有三四天可以到几个地方走走。七月十一日，卡明斯基与张宏滨请我们到杜丽辛小镇一游。狭窄的小巷难容两辆自行车交错，蓝色高塔与黄色房舍大不谐调——她就是以小和不谐调来招徕游客。小镇上有一家富丽的大酒店。我们在它的露天咖啡廊一坐就是半天，位置在多瑙河近旁，伸手可以够着河边大树的树枝，目光一直没有离开滔滔河水。

七月十二日，由奥中友协的工作人员开车带我们沿着多瑙河一路驶去。三刻钟后，到达麦尔柯修道院，我们冒雨参观，这个修道院内有一座富丽堂皇金光耀眼的教堂，教堂用来包金的黄金达两吨之巨。我想起泰国曼谷的大佛寺来了，那里也是处处黄金。耶稣教堂而搞得如此富丽，我知道的这里是唯一的一个。梵蒂冈的教堂当然巨大，可是多见壁画与石柱，未见黄金。

中午饭后继续冒雨参观莎拉古堡，高高低低，蜿蜒如小长城。过去它是用到战争上的么？当战争没有发生或早已发生过了的时候，你无法想象战争；而一旦战争爆发，又有谁能想象——谁敢想象和平的旅游参观呢？

晚上抵达多瑙河畔的林茨城。在一个来自浙江青田的华人倪铁平先生开的中餐馆用饭后，夜色初浓，我们到了河边。看到有一处栈桥，我们便走上去，置身于已经不太蓝的多瑙河上，望着滚滚河水后浪推着前浪奔流而去，想不到与多瑙河能如此接近。知道《蓝色的多瑙河》圆舞曲者多矣，又有几个能亲临其境？但愿能够长久地把这河这水这岸这城这屋的形象贮存心中。于是心里响起了施特劳斯的旋律，然后又想起了罗马尼亚乔治·埃内斯库的《多瑙河之波》，只觉得飘然潇洒，嗒然喟叹，心荡神迷，如沉入乐曲中，如沉入历史，如沉入电影，如诗如梦。之后到城市广场去看了看，照样有纪念瘟疫的镀金圣母救世雕像。有一圈又一圈的广场艺术表演，一个长着大胡子的男子引吭高歌，另一队则是演奏惊天动地的摇滚乐。又是周末了。据说这种表演会延续到深夜。

次日天气放晴，随之大热。早晨游览长长的清清的特劳湖，四面山峰碧树，中间水静波平，令人想起一九九三年夏我去开过会的意大利米兰贝拉吉奥的科摩湖。奥地利不靠海，他们在国内无缘欣赏大海的风光，但是他们拥有大量湖泊，以慰水思。

特劳湖后经过格蒙德湖，进入阿尔卑斯山来到了月光湖。山色湖光，融作一体，有了水，大片僵硬固执的土地变得可以闪烁可以震荡可以摇摆了。曰上善若水，曰智者乐水，湖光不仅润泽了干旱的陆地，更滋润了枯燥的心灵。湖边小憩午饭，品尝月光湖中的鱼，就地取材，人生至乐。

下午抵达萨尔茨堡，这里的风光早在电影《音乐之声》里便向全世界展现了。我们参观"清泉宫"、宫殿及众雕塑，都是游戏型而非供奉型的。来到这里便都返老还童，哈哈嘻嘻。导游介绍完了忽来一阵水花，人们又躲又笑又闹。各种戏水的游戏令人想起我国云南的泼水节，不过这里的水是电脑"泼"的。它们的花坛之大更是举世无双。我们还参观了莫扎特的故居。莫扎特也属于奥地利，还有舒伯特……这块土地就是这样富有灵气仙气。难道是可以剥夺的么？难道不是叫人羡慕的么？

第三天到达因斯布鲁克山城。傍山依河，峰青水碧，双桥如画，花香鸟语，旧城街头，载歌载舞，动物也上街表演。四顾形形色色高高低低花花绿绿的古老建筑，如见童心未泯时搭就的积木。顺路走去，又是这个艺术家与那个艺术家的故居和一道一道的纪念碑、凯旋门……

你不禁纳闷：这个奥地利究竟是个什么地方？上苍是不是偏爱他们？你走到这里和那里，河边湖边山下和古城堡下，她硬是始终这么流畅，这么华丽，这么轻盈，这么幽美而且善良，她整个国土和生活就像乐曲《蓝色的多瑙河》一样。莫非她的命运她的风景早已经为约翰·施特劳斯所预言所规定？他们缘风光而定居，为艺术而立国，抚历史而流连，瞻宫殿而迷痴，美了还要美，舒服了还要舒服，歌舞几时休，犹唱后庭花；莫非她的河流里流淌着迷人的白葡萄酒，他们的山风吹动了飘摇妩媚的圆舞曲，他们的湖边奔跑着茜茜公主豢养的麋鹿？她是旅游的天堂咖啡馆的荟萃宫殿的展览和十七世纪的马车的表演场全国连成一片的葡萄园吗？未免太神奇了吧。

……唉，世上大概没有这样便宜的事。被俘然后返回的老兵，得不到合法身份的土耳其人打工族，正在忙于应付波黑难民越境的边防军人，失业者包括伫立街头的艺术家……会向你做出不同的描述，而那不同的描述应该更深刻得多。好吧，为这篇散文的浅薄的自足而愧对知我爱我的读者们吧。不管怎么说，奥地利和她的维也纳，提供了一种令远来的游客心醉地感叹和事后神往地加以描述的可能。在长太息以掩涕，哀生民之多艰的同时，在心头淌血、眼里含泪，忿忿地瞄准着声讨着多灾多难的大地上居然冒头的中产者气味的同时……不是有时也可以不拒绝宫廷乐师约翰·施特劳斯及其新年音乐会，不去拒绝蓝色的多瑙河的流畅和华美吗？它当然不够伟大，却也是亲和地与灵动地描述大地的一种可能性啊。

1997 年 4 月于珠海

风格伦敦

　　有许多外国城市的名称我们早在幼年时期业已知晓，如巴黎、罗马、纽约、柏林、马德里、雅典，当然还有华沙和莫斯科……排在一起，而且常常成为它们的排头的是伦敦。它们是另一个神秘的无法接触的世界，对于我来说，存在于地理、世界史，也许还有英语教科书和狄更斯、巴尔扎克、契诃夫……的小说里，存在于林琴南的古雅的译文里，然后这些教科书与新老译本以及它们引起的想象和面对巨大世界的敬意变为贮存于记忆深处的信息，已经贮存与魅惑了许多个十年。

　　一九八〇年我第一次来到纽约。我走在曼哈顿洛克菲勒广场的摩天大楼间深邃的街道上，像是游走在峻岭间的黝暗多风的深谷，也许是行走在美利坚的皱纹沟壑中。我的腿发飘，我的眼好像老是调不准焦距，我的耳边似乎一直嗡嗡地鸣响，我嗅到的是可疑的"生人"气。我看着各种肤色各种发色的行人，竟然怀疑起了自己：这是我吗？我是王蒙吗？我来到了纽约？纽约是美国？美国是一个真实的国家么？纽约是一个真实的城市？这一切果真发生在地球上么？两面的高楼是真实的建筑——经得住人居住和使用,不是图片和积木?来往的人与车是真实的人与车——即与你我以及你我乘坐过的车一样的人与车么?我没有把握,我缺少例如在北京或者在乌鲁木齐的那种坚实感。在自己的国家、自己的城市和乡村,连每一阵风每一片纸每一缕炊烟和每一声细微的耳语,都是抓得着、碰得痛、压得沉、硌得硬,都是有棱角、有重量、有来路和去向、有温度,也有时候会炻一炻蹶子的实在物质。

而纽约,那是一种冒险,是一首狂想曲,是一次迷了路的游戏,是一幅现代派的颠覆性的画图,是对我所知道的正常的灵魂与身体、正常的日子与年岁、正常的大地与房屋的诱惑、挑战、冲撞直至毁灭。

一九八六年我第一次抵达巴黎。我已经积累了一点在国外旅行的经验了。面对大名鼎鼎的巴黎我已经变得沉静。我觉得巴黎比我想象的要亲切和淡雅得多。戴高乐机场的晨曦中与飞机赛跑的是只只灰黄色的野兔;凯旋门并不高大;卢浮宫人头攒动而又屏神静息;巴黎圣母院和凡尔赛宫空空荡荡,它们的身上永远披着一抹夕阳;香榭丽舍大街夜晚不准使用彩色灯泡,不施脂粉,永着素装;而在塞纳河的泛舟夜游,我看到的巴黎市容更像是一幅中式的水墨画,是一幢幢的黝黑的阴影。与放肆的纽约相比,巴黎是多么的既含蓄又潇洒既悠远又舒适哪。也许,原谅我,巴黎,你是不是有点扭捏直至做作,有点盛名之下的羞怯和矜持呢?

罗马对于我来说似乎开着更大的门,更加容易接近和进入。咋咋呼呼的各种古迹都明明白白地供人们游览凭吊。巨大的雕塑与油画充溢着健康的生命、欲望与真实。包括汉白玉雕刻的安琪儿,让人想到的是欢蹦乱跳的儿童——他们长着多么可爱的小脸与屁股蛋子——而不是远离尘世的不胜其寒的高天。意大利文艺复兴的真谛是走向人间幸福世俗快乐的此岸而当然不是相反。浓香的咖啡点缀街角,顾客来了,小贩临时给你把咖啡豆磨碎,冲成——不应该说是一杯而只能说是一盅咖啡，你仰脖干杯，如饮甘醇，立马离去却又回味不已。高的高矮的矮胖的胖瘦的瘦美的美丑的丑的人们各行其是，谁也不用为自己与别人有所不同而不安。除了它的国际机场的名称"达·芬奇"令人肃然起敬以外，整个罗马都是平坦的与随和的。它当然是欧洲的城市，但它不给你太多的陌生乃至压迫感。罗马那边似乎有着你的户口。

还有令人伫立不已的雅典神庙遗迹的西风残照。还有无法解释其魔法的开罗城郊的金字塔与狮身人面兽。还有马德里的塞万提斯广场——堂吉诃德与桑丘的头上臂上都落满了灰色的小鸽子，还有依山面海的阔大恢宏的佛朗哥墓。当然，还有歌曲《列宁山》里唱过的"我的莫斯科"，红场、克里姆林宫和列宁墓，罗蒙诺索夫莫斯科大学，我唱过多少歌儿赞美无缘谋面的伟大的与美丽的你，而一九八四年我见到你的时候是怎样地为了你的老大夯粗的奔突而忧伤……

感谢邓小平的时代，我有幸走过了看过了那么辽阔的世界！

然而伦敦有些个不同。狄更斯的《雾都孤儿》《老古玩店》中的伦敦是一个烟雾笼罩的黯淡的都会。而《第三帝国的兴亡》里的伦敦是一座阴沉的战斗的堡垒。到了八十年代初期，我最有兴趣的事情之一是随着中央电视台的《跟我学》学英语，那时我说过我最佩服的中国人是国际关系学院的副教授申葆菁——她主持广播电台的英语时文选读与星期日英语讲座节目；而我最佩服的外国人是弗朗西斯米修斯，他就是教我们学英语的《跟我学》节目的主人公。这套英语教学片中有许多对于伦敦风光的展现：泰晤士河上的桥，西敏寺教堂，特别是那座大钟。于是我得知伦敦是一个向全世界教授英语的地方。

直到一九八七年我才有机会首次访问伦敦。那是作为嘉宾去参加世界出版组织的代表大会，同属嘉宾的还有印度外长辛格、尼日利亚诺贝尔文学奖得主索英卡和埃及总统夫人。那时候飞一趟伦敦是很麻烦的事，为了避免飞经苏联领空，飞机要从南边的航线走，中途在阿拉伯联合酋长国的沙迦降落，休息加油，加上起降一耽搁就是两个多小时。再飞再停，到达瑞士的苏黎世，又要停留一两个钟点，到了伦敦真是让人筋疲力尽。充满倦意的我住进了西敏寺的一家饭店，四面观察"摄像"的眼睛没有漏掉自机场至旅馆经过的著名的海德公园与大笨钟。伦敦似曾相识。到达伦敦犹如到达一幅早已熟悉的画片，或者更正确的说法应该是一组（拉）洋片。当天下午就去西敏寺教堂出席年会的开幕式。那一次大会组织者邀请了英国的一批老演员在大教堂里朗诵莎士比亚等人的经典名作。不时还有合唱参与其间，合唱者站在教堂建筑的高处，声音像是从天空洒下来的——此曲只应天上有，人间哪得几回闻？英式发音也很好听。有一个英国朋友说，英国出口的最佳物品就是牛津式的英语。才到达伦敦，你就感到了她的独特的文化风格的冲击。伦敦的文化氛围先声夺人。

十年前在英国伦敦的那次短暂的逗留，已经使我注意到伦敦许多地方的独特风格。它的出租汽车保留着半个世纪前的高顶——为了适应当时英国绅士的高庄帽子，市议会多次辩论，决定坚持不改它们的独特式样。我这里已经多次用了独特这两个字，对于伦敦的议员来说，样式的独特与古老显然比技术上的合理、造型上的现代性演进性与成本经济核算——包括节约能源与减轻消费者的负担重要得多。这样一种价值取向似乎比汽车式样本身更耐人寻味。在北京一直到它的故乡山东，想吃传统的高庄山东馒头亦不可得。

西敏寺一带有许多店，那些服装店的服装价格大概可以令八十年代的中国人咋舌。人们解释说，这里的高档时装店有些精心设计的时装是只做一件的，这样谁买了去都可以放心它是独一无二的。这样它的价格就不能与批量生产的物品同日而语。

是的，伦敦人的穿着首屈一指，虽然他们的收入并非首屈一指——大概前五指也轮不到他们。老老少少，男男女女，大多都穿得那样合体、雅致，几近考究。再看看例如美国人吧，比较起那些常常穿坚固的粗纤维制品或舒适随意的针织品的美国人来，伦敦人是穿得多么细心呀。

伦敦很少——在一九八七年是干脆没有，在一九九六年是极少——能见到日本进口的汽车，尽管日本车有价廉物美省油耐用等多方面的优点，以至于在汽车大国的德国尤其是美国你能发现大批日本汽车。英国人不愿意用日本车，与其说是由于爱国的政治情绪不如说是由于他们的讲求风格的传统和本能。

我也不会忘记在圣詹姆斯公园喂鸽子的情景。一进公园我就看到了像活泼的孩子们一样走向游人的红毛松鼠。它们是来向游人要饼干的。我真后悔事先没有准备，不能享受与松鼠共舞的乐趣。后来来到了河边，一株老树下，飞来了大批鸽子。我正在为没有什么食物供给鸽子们而遗憾的时候，一个老妇给了我一把没有去皮的谷物。谷子放在我的手心，鸽子拥挤着前来，它们就在我的手心上啄食，啄得我手痒痒的，有时候还有点疼痛。鸽子的信任和亲昵，霎时间令我泪水盈眶，惭愧无地，与这些会飞的小生灵相比，我觉得自己是多么的不可爱。以此为契机，我写过一首不短的诗。

更不用说伦敦的白金汉宫、附近的温莎、伊登和莎士比亚的故乡：爱文河上的斯特拉福。一九九六年，我们在英中文化中心的安琪拉小姐陪同下观看了"御林军"的操练，他们的以红黑两色为主的鲜艳的服装、帽子上的缨饰、以走步和枪上肩枪放下为主的课目，加上人高马大的骑兵，使你觉得这一切具有很浓厚的表演性——绝对不是从实战需要出发，否则他们本来应该选择迷彩服和苦练摸爬滚打拼刺刀的。怪不得这种服饰的军人玩偶亦是伦敦销路最好的旅游纪念品。在一定的时刻一定的意义上，军人如玩偶，玩偶亦军人。虽然每天练好几次，观看者仍然围得里三层外三层，水泄不通。

白金汉宫，是伦敦的最重要的风景之一，没有这道风景就没有了英国没有了伦敦。是的，女王、爵位、宫前的练兵仪式和军人直至警察的繁复考究古色古香的服装、层层城堡、培养政治家的伊顿公学的昂贵的学费与平时也穿着燕尾服的学生娃娃们，还有莎士比亚故居的吱吱作响的地板、皇家莎剧团的场场客满的演出、有着英国特有的动人的甜沙嗓子的女演员……所有这些组成了伦敦的自我欣赏的独特风格。能够自我欣赏，才能够被欣赏。我想起了一九八五年在当时的西柏林碰巧看到西方三国占领军阅兵的情景。最中看的无疑是英国皇家三军，他们的制服无与伦比，与之相较，法国兵显得自由散漫而美国兵显得杂七马八。

甚至连王室与贵族地位的保留这样的尖锐的有可能引发政治冲突的大问题，到了英国这里似乎也被关于风格的重视所涵盖了。一位英国知识分子告诉我说，每天下午女王要走到阳台上向游客挥手致意，单单这一项节目就为英国多争取了几百万外国游客和几多几多的英镑收入。单单从这一点出发，英国也永远不会考虑废除王室与贵族制度。我不知道他的说法有多大的权威性与代表性，但是令我叹息不已的是敢情考虑政治社会经济人生重大问题的时候可以有完全不同的角度。

一九九六年我与妻应英中文化交流中心的邀请访问伦敦的时候住在繁华的赛尔夫里奇街的赛尔夫里奇旅馆。附近有一家大的综合商店。其中的食品部分比其他国家的超级市场可高档多了，例如水产，一般超级市场的大鱼是切成了块状而后出售的，这里，整条的大鱼也许会使你想起某个卖高价门票的"海洋世界"。从陈列到选货，从服务到包装，从灯光到柜台，一直到售货员的服装、气派与笑容，一切都显得那么讲究，那么大气，也许可以说是那么高贵。就是说，它的商店同时也是展览馆。走到卖结婚用品的地方，光是婚纱就绚丽夺目得令你惊叹。据说，这还是一家比较大众化的商店，真正讲究的店我还没有看到，妻说，在豪华商店里时不时有管弦乐队列队为顾客演奏。你说英国是破落户也行，你说大英帝国早已从"日不没国"的顶峰走向解体衰微也行，反正她还保留着自己的风度包括冲淡平和而不无矜持的微笑。一个人，风度依然，风格永存，宠辱无惊，即使时运不济也比较地容易立于不败之地，比起忽冷忽热忽亢忽卑忽然咄咄逼人忽然连连叫苦乃至哭天抹泪的神经质来，自有分别。

　　一九九六年五月里的几个阴雨的早晨我们只不过是漫步伦敦街头。这是滑铁卢桥，就是美国电影《魂断蓝桥》里边的桥。于是我们看到了这座普通的桥。这里是莎士比亚剧场。剧场正在翻修，是按照莎士比亚时代的老样子修的露天剧场。在我们奔走呼号忙于修建一座现代化的国家大剧院的时候，伦敦则忙于修做她的古老与前现代化。一百个现代化的例如华盛顿式肯尼迪演出中心式的大剧场也顶不住一个莎士比亚。一百次文艺界的盛大联欢也赶不上一个莎士比亚或一个李白一个杜甫一个曹雪芹。规模不大的木结构露天剧场还没有修好就已经卖票招徕参观者，同时还举行着小规模的莎剧与莎剧场图片展览。

　　这里是圣保罗教堂，圣保罗教堂的屋顶不是尖的而是圆的。圣保罗教堂面前是宽阔的广场。进入教堂是巨大的前厅。到处都有巨大的空间和详尽完备的说明……好，到时间了，我们快走。现在让我们穿过圣詹姆斯公园。现在让我们去一个酒吧吃意式午饭。现在我们去吃土耳其饭。这里是一个小区，开满了鲜花店、小百货店和咖啡馆。这个餐馆是黎巴嫩式的（他们知道我曾在新疆生活过十六年，便不停地以招待穆斯林的路子招待我）。这里是唐人街，一九八七年来访时曾经在这城与一些华人名流会面。过去不远是剧场区，晚上我们会来这里看音乐剧《猫》，这儿才是《猫》的老家，纽约百老汇上演的《猫》是从英国"进口"的，那首名为《回忆》的咏叹调令人怆然涕下……

　　也许这里还应该提到英国的议会。一九八七年那次我曾去众议院旁听他们的辩论和质询。议长戴着假发庄严前行，手里拿着主持会议用的木槌，两党议员互相嘲弄哄闹如塾师贾代儒不在时茗烟等大闹过的学堂，首相撒切尔夫人一周一次花费十五分钟来接受质询，唇枪舌剑，措辞简练……我深信至少从表面看来，在这里民主正是或首先是一种不失童心的做"秀"，是一掬欧洲城市的风景，是一道高级餐馆的祖传招牌名菜：正如法国的乡下浓汤与意大利的通心粉，美国的苹果派与苏格兰的羊杂碎——开德利斯……只要漂亮可口，也就可以令顾客满意。至于真正的人民做主，天知道。反过来说，不做这个"秀"又怎么样呢？会更好吗，还是更坏？

你住在伦敦，到处都能看见那种不高不矮尖尖圆圆不算黯淡但也不艳丽的伦敦式的建筑。底部多半是阔大方正的白石，外观呈米黄、绛红，还有少量的青灰色。所有的建筑都做了精心的摆设与雕刻，充分发挥了几何学与雕塑艺术的匠心，使中国人看来如见西洋"淫巧"的玩具皿器。河岸的建筑砌就的石墙既是墙基也是堤坝，它们使我想起北京故宫的护城河边的殿堂，但是更加开阔绮丽。哥特式的尖顶林立但不过分高耸，不那么刺激。倒是公用电话亭一律漆成夺目的紫红色，木阁子也很规整讲究，用木条木板组成了浮雕图案。你很少看到新房，更没有那种纽约式东京式香港式的摩天大楼。甚至在深圳在上海在北京这种玻璃钢梁结构的高层楼房也正在不断地占领着空间挤轧着传统。在伦敦，你感到一种和谐，在建筑与人们面部表情，天气与道路，商店与教堂，双层公共汽车与地铁，牛津式发音与被一些欧美人嘲笑的英吉利式烹调，服装与树木、草地之间，以及所有这一切之间，有一种统一，有一种属于自己的而绝不是旁人的性格。性格就是文化，性格就是风格。维护这种性格、文化、风格就是自我的实现，就是价值至少是价值的一个重要组成部分。这也就是人们所说的英国式的保守吧。在中国，"保守"是一个显而易见的贬义词。而在英国完全不然，长期以来她的执政党就是保守党。保守是一种风格，是一种骨子里的傲气，是一种自得其乐的选择，是自己对自己的忠实。保守的伦敦是一个令人感到独特和趣味，感到世界上的值得保守的东西确实应该理直气壮地坚持下去保留下去守护下去的地方。你是无与伦比的，你才有保留球籍的资格和前程。也许我们缺少许多进步和变革的勇气，也许我们永远要十分地警惕故步自封抱残守缺；但是我们难道就不缺少认真的与合乎理性的保守的智与勇，就不需要警惕那种幼稚的赶时髦的一窝蜂了么？

在英中文化中心讲演的一个晚上也是难忘的。著名进步女作家玛格丽特·德拉布尔主持了我的演讲，一九八七年我们在伦敦第一次见面，她对于文学的社会使命与现实主义的论点给我留下了深刻的印象，我曾表述这种印象说，与她比较起来，怎么中国的某些新生代作家反而更"西方"？我的话使她们大笑。一九八九年初，我们又在澳大利亚堪培拉的"文学节"开幕式上相遇，四年后，她与另一位在中国有许多译本出版的资深女作家朵丽丝·莱辛到中国访问，她们曾一起到我家中看我。还是我一九八七年去的时候邀请的她们。后来，虽然我不管事了，这个邀请仍然被认为是有效的。友好的玛格丽特非常适度地介绍了我，有一些幽默，有一些赞扬，有一些礼貌，有一些故人情谊……但都含而不露，尽在不言。演讲后由英中中心的主席费力克斯·格林请我们到一家墙上悬挂了许多绘画作品、艺术情调浓郁的匈牙利餐馆吃饭，朵丽丝·莱辛也来了。我与朵丽丝相识更早一些，我们是"同科"的意大利蒙德罗文学奖得主。我们还有一个共同点，就是常常起得很早，起床后，早餐前，我们会到第勒尼安海游泳。在座的有一位科幻小说作家，十分健谈。我们要了匈牙利杜卡衣酒，聚谈甚欢。只是，对不起，我对这家名餐馆的烹调难以奉承。我在意大利和美国常常听到人们对于英国烹调的戏谑，其实，大部分时间，我觉得在英国吃得还是很不错的。

如果说巴黎是一种品味，罗马是一种（地中海的）情调，纽约是一种挑战的精神，马德里是一个醉人的故事，而莫斯科曾经是一首阔大激昂的进行曲的话，那么我要说，伦敦是一种风格——是含蓄风格的强烈（这样说有点自相矛盾）的、从有意到习惯成自然的展览。也许她是一个半老的徐娘——用台湾的玩笑说法，叫作资深美人——不无憔悴却仍然自信于自己的高人一头的风姿。也许她是一处曾经辉煌一时的宅院，虽然已经走入历史却仍然从容与干练地接待四方来客。伦敦是老大，从而更增添了她的深沉的美丽。走近她，你立刻想起了"先生（更正确地说应该是夫人）别来无恙乎？"和"眷眷有故人意"的老话，那么是谁问候谁，是谁对谁有故人之情呢？你说不清楚了。四时之美秋为最，这是培根的名言吧。中国人也早就懂得夕阳的无限好，有一派解人认为"只是近黄昏"里的"只是"应作"正是"解，李商隐的诗是在赞美而不是在叹息。伦敦风格的展览里，每一块石头都是历史，每一个烟囱都会回忆，每一条街道都在郁郁地微笑，每一条领带都寻找着自身的最佳态势，每一个出租车司机与酒店出纳，都和女王、首相、议员、爵士、披头士雅皮士甲壳虫一道，表演着这个民族这个岛屿这座老旧的城市的独特的兴衰悲喜，沉浸在他们自身的文化风习里。她的自赏被你觉得熟悉与实际上的永久陌生，她的随和适应与不清不楚的城府，她的待人接物的令人感动的修养与内在的分寸距离，她的依然旧貌与我行我素……都使你离别她的时候——叫作相见恨晚而又匆匆别离，叫作乐莫乐兮新相知，哀莫哀兮生别离——悻然忱然依依然，挥手低头，难以分舍，长长地太息。

心碎布鲁吉

　　什么是美？我对于各种美学主张及其争论十分地缺少研究。我只能说一说个人的体验：美是一种解决，是一切矛盾焦虑和痛苦的伸展和提升、碎裂和逊退。美是一种宾服，美是一切武装的自动解除。你无法想象美的诞生美的构成美的靠近，面对着美你只能怀疑自身驱逐自身。美是战栗是哭泣是消融是愧悔是毫无办法。美是一种牵肠挂肚的怜惜，愈是迷人愈是眷恋就愈是揪着心提着肺捏着肝地恐惧——你生怕这一切不设防的天真与纯粹的美在转瞬间失落坏萎——你不知道这美究竟是不是真实的。你觉得美是那样地靠不住，不堪一击。而美又是一个高峰，在这个高峰上生与死的界限当可泯灭，瞬间即是永恒，永恒转眼空洞。目的与过程的界限也将会泯灭，满足即是焦渴，酸楚引入极乐。芥子与宇宙的界限渐渐泯灭，精致极处是恢宏，无垠无迹却又负重惨淡的匠心。人与天，我与你的界限自然泯灭，人心亦天心。而有与无也早已化为一体，存在成就了寂灭，而大块终归于无形。

　　是一九九六年六月十一日的清晨，五点多钟我们就起床做好了准备，呼吸着德国乡间的清洁美丽的空气。欣赏着朝霞下绿草地上的孤独的老马。老马的从容平静令人泪下。我们注视着已经开始结果的樱桃树和门前的爬满墙壁、一直爬到了我们的二楼百叶窗口的攀缘红玫瑰。我们感到困意难消，连连哈欠，同时又惊异于人们为什么那么贪恋于夜晚的活动而放弃了一个又一个纯美的清晨——这人间获得的最宝贵的礼物。

比预定的时间还早一点，友人励心与她的儿子米切尔驱车到达了我与妻小住的科隆市附近朗根布鲁希村海因里希·伯尔别墅。他们睡眼惺忪地却也是兴致勃勃地驾驶着一辆墨绿色的大众牌旅行车，载着我们开始了比利时、荷兰之旅。十五分钟后我们到达了德、比、荷三国交界处的德国城市亚琛：那里有古老的巴罗克式教堂与故宫广场，有古色古香的酒吧，像是某幅"拉洋片"中的图画，还有街头上的滑稽铜雕。几天前我们来这里盘桓过一个晚上，流连赞叹不已；而这次只能狠心匆匆掠过。这也是无常一例么？

再过几分钟就到了德、比边境。根据《申根协定》，德、法、意、荷、比、卢六国互免签证，取得了其中一国的签证就等于取得了六国的签证。边境虽有边防标志和边防机关，也有停在那里的货车等候检查，但对于小客车却连看一眼也不需要就让它们毫不间断地风驰电掣，长驱直入，宛如已经世界小同。我觉得有点新奇。我突然想到，由于早起急躁，我竟连护照也没带在身上，那么即使顺利入了境，如果住旅馆等时碰到需要护照的地方岂不麻烦？但励心和她的儿子说，这也不会产生任何问题。森严的国界在这里，给人以完全不同的感受。

说是比利时没有太大的特点，不过旧房子多，布鲁塞尔又是北大西洋公约组织与欧共体总部所在地，比利时人称之是欧洲的首都。最不同的一点是，比利时的高速公路修得特别好，夜间，漫长的高速公路上灯亮如同白昼，这是因为在世界处于两极对立时期，北约考虑到战时的需要，这些公路平时是公路，而一旦打起仗来，就要作为备用飞机跑道摆在那里。我想起了一句带洋味的老话，叫作武装到了牙齿。

于是开始了在比利时的忙碌，我要说的是疲劳的一天日程。先是到滑铁卢古战场参观大败拿破仑的著名战役的纪念馆、纪念塔，并观看了风光影片，使初中学过的历史复活起来，炮火隆隆，马刀闪闪——原来一切往事都有自己复活的契机，往事依依，时间永远，思之悠然。然后是到布鲁塞尔市郊的"原子球"里。"原子球"是一座别出心裁的建筑——雕塑——旅游景点。远远就看见了它的巍峨宏大，以分子结构的造型来修建一座建筑，我们这些游客从一个个球即一个个原子，通过圆柱形通道即一个个原子链向另外的球钻去。这也是把科学主义发展到极致了吧。

晚上在根特市旅比华人作家张平开的餐馆里与当地侨领以及中国驻比使馆的几位官员一起用餐。吃完饭，已经十点多了。说实话，我已感到疲惫不堪。但是主人说是近处还有一景不可不看。说是某一次一个来自国内的客人看了，认为此地不来就等于白走了一趟欧洲。于是，只好且信且疑地前去。心想，世界上的各种景观我见过的也不少了，欧美亚非澳，三十多个国家和地区我都去过了，果真还有什么殊异其趣的新奇美丽就在这边不成？

便走到了一条铺着石板的街，两边大体是两层小楼的住家户，每幢小楼的顶部都用不同的古朴天真手写字体标明了楼房建筑的年月，最早的有十七世纪的，其他也早于百年以前。原来这里也与英国一样，人们有点厚古薄今，人们不是在追逐时髦追逐现代化，而是在追求古雅和稚拙，追求一种历史感，并且从历史的存活与得到保护当中安慰自己，因为我们在经过一个短暂的热热闹闹的过程以后也终将与这些老房子一样进入历史凝结成历史。不知道这算是一种文化品味一种对于并没有什么金刚不坏的永久的世界的悲哀，还是应该算作现代得太足太腻之后刻意寻找的一种新的心理的补充和平衡。

每幢房子的结构布局都各有不同，但又具备着同一种风格：简朴和装饰美，实用价值和观赏价值。我觉得这些房子还传达着一些趣味，如果不说是一些幽默淘气的话。不然，又何必那么千变万化，自出心裁，着意经营？小楼并不高大，粉刷得五颜六色，门窗都如浮雕。各种几何图形变化搭配，窗子有矩形的，有梯形的，有六角形的，有宽边框的，有无边框的，有正对着街心的，有斜对着街面的。楼房的阳台上摆满了鲜花绿叶，红黄白紫。这与其说是一些房屋，不如说是一系列细心摆弄的艺术品展览品。愉悦我们的街巷，愉悦我们的生活，愉悦我们可怜的自身吧，这些房屋的主人肯定有这样的一个共同的心愿。

拖着疲乏的却不可能是不开心的步子，在这样一个令人愉悦的小街走了十分钟，来到了一个小小的广场。当地的朋友解释说，这里每一个小区都有一个广场。这个广场是比较大的，因为广场的一侧是市政大楼。这个市政大楼不看则已，一看，让人惊呆了。

你不会想到它是市长办公的地方。它更像是一座象牙雕刻的放大。它太花哨，太具有装饰性了。这不是办公楼，而是布鲁吉市的、整个比利时的一个摆设。说摆设又太轻佻了。因为这座建筑是那样地应该叫作呕心沥血的投入。灰白色的条石，哥特式的一个又一个尖顶，有的似乎是用尖顶包装例如烟囱一类设施，有的则只是装饰性的"宝塔"——其色彩和形状堪称是"象牙之塔"。这种宝塔迎面的最大的有四座，四周的就更多了。这种塔上长满了"刺"，我不知道它的造型是来自仙人掌科植物的启发，还是模仿什么欧洲的狼牙棒式的兵器。斜陡的房檐上露出了五排褐红色的天窗，好像是灰白的背景上绽出了几朵红花。窗子与门廊则是桃拱形的，每个窗子上方都是几个重叠的铁棱花。窗内与门廊内呈现出一种黝暗的深邃。建筑的下方则是各种精雕细刻的花饰和既有人性也有神性的一组雕像。市政厅对面的文献中心是一个雕塑群，古典的英雄式的铜雕被刻有民间风味的浮雕的大花岗岩石座托起，映出华灯初上的光和影。初夏的夜晚的背景与古老的建筑的精美令人震撼。你立即被这种不可思议的精美所折服。你不由得伫立在那里。你无言建筑也无言。无言却又那样充满了情意。你在古老的欧洲建筑面前体会到了人的热情、愿望、智慧、想象、工作与天真。你可以想象修建她的时候修建她的人们是怎样地充满了爱惜、精诚和向往。人们经营她像经营自己的无法经营的梦。修建她的人们早已无影无踪，而建筑因了年代的距离而更加迷人。怎么人可以下这么大，我要说是这样傻的功夫去修一座房子：不是为了实用，不是为了排场，不是为了豪华；不是帝王的坟墓如埃及的金字塔；不是巨大的教堂以表达一种超自然的神奇的信仰；也不是皇家的宫殿，用以象征权力与威严；人们这样修建一所奇妙而亲切的房子，难道只是为了她的美丽？美丽是什么？美丽能给我们带来什么？美丽有这么重要么？我们忙于吃喝，我们忙于生存，我们忙于战斗，我们忙于辩论，我们忙于工作和算计，我们常常武装到了牙齿……我们哪里有闲情逸致去白白侍候美神！多少巧思，多少精力，多少情感，多少时间和财富付给她了。你又能拥有她多少天多少小时多少分钟呢？呵，说到底，谁又能拥有美呢？可怜的人类呀，你永远不能得到自己的创造自己的劳动自己的心血哟！你永远得不到的最好的东西。美，说到底，只是为了后人的瞬间的感动的哟！这不也是知其不可为而为之吗？你与她匆匆邂逅，在天色已晚的时刻，在你疲惫不堪的时候。也许一生只有这一次机会，也许一生没有这一次机会。也许你最终只能与美擦肩而过，也许居住在她的近旁的人也没有条件欣赏她和沉醉于她。而又偏偏有那么多的人视美如寇仇……

　　你似乎有一点醉意。你本来不想来。如果你不来呢？布鲁吉还是布鲁吉。然而，你还是你吗？你没有因了布鲁吉，因了对于布鲁吉的喜爱而有什么不同么？你跟随向导转到市政厅的后面，是剥落的黄砖，是巨大的樟树和深厚的灌木，是小小的石桥，是开满小野花的绿草地，是潺潺的溪流，是水面上的白鹅，这里又是一个小世界。

再走几步，是一些老人露天喝咖啡的地方。你觉得他们的生活其实很狭小很单调，缺少狂风暴雨，虎啸龙吟，布鲁吉这里的老人其实都是一些边缘人。是他们应该羡慕我们吗？或者相反？或者只是各有各的命运而已。

然后是小小的教堂，小而精致，即使最小的教堂也是矗立着伸向苍穹的永远的十字架。然后又到了河边。然后是一座花园的古老的墙壁。酒吧。店铺。钟声。碧绿的攀缘植物……

……我已经困倦得丁零当啷。我只觉得那么揪心，那么甜蜜，那么健忘，那么心碎碎的，心痛痛的，人的一切，让你爱得惜得怨得恨得好心疼噢。

科摩湖里游泳

　　贝拉吉奥四面环山，中间是一个狭长的湖——科摩湖。由于湖形狭长，我老觉得它更像一条河。我郑重地向当地人请教，他们告诉我这确实是一个湖。于是我想起了我国北方牡丹江市的镜泊湖，那也是狭长如河流的。

　　一九九三年八月二十三日，一到那里，先是俄罗斯科学院的两位与会者立即下了湖。我也紧随着下去了。我喜爱游泳，虽然游得并不好，体质也不好。我最得意的就是走到哪里游到哪里。渤海、黄海、南海、西沙、贵州花溪、天山脚下、镜泊湖……以及大西洋与太平洋、第勒尼安海（意大利西西里岛附近）、墨西哥的高原湖泊中，都留下了我游泳的"雄姿"。这次傍湖而居，岂能放过机会？

　　研讨会开得还很紧张，每天从上午九点到下午六点，除中午一小时用饭以外全都用来开会——可不如咱们的"九三学社"（指上午的会是九点至十二点，下午会是三点至六点）舒服。但是我还是不能放弃游泳。于是或起早八点半以前，或抓晚，利用六点回房间换装的机会，下水扑腾几下，像是在还一个愿，在完成一门必修功课。不知道这是不是也是教条主义与形式主义。反正我的妻子常常批评我，她说我是一个教条主义者——一点也不懂得"修正"。游泳是我的教条之一，便不问情况不问具体条件，非游不可；有时为游泳碰得头破血流，例如身体不适了还要去游泳，结果游出病来。

八月二十五日那天，天阴，有风。我起了个大早，第一件事就是游泳。这一次游得比较远——虽然并没有到湖心。也是儿童心理吧，我当时为了只有我一人在游而遗憾，没有什么可以显摆。恰在此时，美国教授——发起言来滔滔不绝、视力很差的文森先生来了。其实我在湖中也看不出来者是谁，但是我大叫了一声："早晨好！"

后来文森将此称为他的一次奇遇。他对人说："今天我有一个奇异的经验。一大早，我去游泳，忽然听到一声叫喊，从湖中心冒出一个脑袋——原来那是王蒙！"

我听了觉得十分得意，似乎我是成功地搞了一次恶作剧。

1994 年 2 月

晚钟剑桥

人总有这种时候，忽然，什么都忘了，什么都没了。剩下的是澄明，是快乐，似乎也是羞惭，更是一种消失，那个有时候是疲劳的，警惕的与懊恼的，絮叨的与做蠢事的自己，不见了；那个患得患失的"人之大患"不见了。却仍然有一颗感动得无以复加的心。

说的是一九九六年五月二十三日，已经几天了，阴雨连绵。那天中午我与妻在伦敦英中中心与几个学者、研究生座谈中国当代文学。开完会，连忙赶往火车站。坐上郊区支线上的车，经过一片片的绿树和田野，向剑桥方向驶去。

剑桥是一个小镇，在细雨中若有若无，如灰如绿。她的稀落静谧，不高不大不新的房子，不宽不大不拥挤的道路，我行我素，不事声张，好像和这阴霾的天气与寒冷的春天一道，打老年间就是这个样子。

下车先去会场。在中文系一间办公室里换装，打好领带，人五人六地来到大课堂讨论教室。座无虚席。读准备好了的英文稿，并时时用不标准的英语即兴发挥一下，我不会放过这种"实习"英语的机会。遇到回答提问，就要请翻译帮忙了。英英中中、读读笑笑、问问答答，打成一片。活跃热闹的气氛，似乎给平静舒缓的剑桥大学的这个小角落带来了一点喜气。由于听众中有一半人是来自祖国大陆的留学生和教师，可以从他们的脸上读到一种关切和喜出望外的神情。他们提的问题也很在行，显然他们身在英伦而时时回眸祖国那一片——神奇的土地。

在一片真实的与礼貌的赞扬声中离开会场，去大学贵宾馆。经过古老的、上方是耶稣与圣母的浮雕的拱门，穿过这个砌满石条的院落，进入一座厚重的建筑。这座楼房的底层，想不到是一个封闭的室内桥，桥下是小溪，桥的两侧是玻璃窗，一侧是四株大柳树的枝叶呈半月形，正在伸向我们。

陪同我们的先生告诉我们："徐志摩描写过这个桥，并命名为'奈何桥'，据说古代这个桥是押解死囚去刑场的必经之路，要让犯人感到，这世界是多么美好，然而，由于犯下了大罪，他必须与世界告别。"

死刑犯的命运与行刑者的残酷，尤其是徐志摩的名字触动了我。我"哦"了一声，似乎一瞬间时间与空间的一切距离都缩小了，打破了，往事与逝者都靠近了。是的，"康桥再会吧"，康桥就是剑桥。有了逗留才有告别。徐志摩那时候是多么年轻，他是"资产阶级"，他写的都是"象牙之塔"里的诗……而我第一次踏上康桥的土地，已经是六十多岁了。犹谓偷闲学少年？一九八七年首次造访英国，去过牛津没到过康桥。

贵宾馆在另一所古老的楼房里，木板楼梯窄狭弯曲，走在上面吱吱扭扭，令人发思古之幽情。一直爬到四楼，打开一扇厚重的门，是一个黝暗的小过厅，按动墙上的电门，高高地亮起了昏黄的灯。再用那笨重的铜钥匙开开房门，一间宽阔方正的老客厅出现在我们面前。

褐黑色调，古朴的大写字台，曲背软椅，式样老旧的硬背沙发，墙上悬挂着一张带镜框的风景水彩画。更多的则是空白，以无胜有，以无用有，这种风格自然与矮小与充满各种物品的旅馆房间不同。

就在这个时候钟声响了。教堂的钟声悠远肃穆，像是来自苍穹，去向大海。我一时停在了那里，等待着，倾听着，安静着。

放下随身携带的物品就去圣约翰书院晚餐。进入书院，先去"派对"大厅。人们介绍说这间大厅保持着三百多年前的习惯，厅内只点蜡烛，不设电灯。人们又说，二次世界大战当中盟军最高司令部诺曼底登陆的计划，就是在这间大厅里制定的，因为，有一张特大的军事地图，只有在这间大厅才能把整张图展开。再说，这间大厅的遮光效果比较好。我唯唯，历史是我们的近亲，历史就在我们手边，就在我们呼吸着的空气与我们被照耀的烛光里。

所有前来饮酒并接着去吃饭的人都穿着为在本院获得过博士学位的人特制的黑"道袍"，十分地庄严郑重。英式发音优雅做作，每人脸上的笑容都合乎标准。千篇一律的，数百年无变化的餐前饮酒的"过场"飞快地走完了。人们进入餐室，我们与一位来自美国的生物学家算是今晚晚餐的贵宾，被让到了首桌。每张桌子上都放着参加晚餐的全体人员名单和印刷精美的菜单——当然我们也从中验证了自己的存在，从而得到了些微的虚空的满足。人众各就各位。首先由书院院长带领做祈祷。然后进餐。服务人员也都有一把年纪。主人解释说，由于疯牛症的威胁，今天没有牛肉可吃，改吃羊肉。其实头三天我已经吃过牛肉了，如果该染上，恐怕本人已经是潜在的疯牛症患者了。羊肉的味道乏善可陈，我没有吃多少，倒是多吃了一点甜食。晚饭结束后再去"派对"大厅喝咖啡。一切陶冶情性的程序认真完成，并没有用多少时间。远远比参加一次正式宴请简单迅速得多。难得的是这种数百年不更易的坚持。这与其说是吃饭不如说是吃饭的仪式，也许真是一种展现和怀念剑桥以及整个英国的历史、保持和（为什么不呢？）炫耀剑桥及英国的光荣传统的典礼——如果不说是例行公事的话。我甚至猜想，与餐的一些人饭后很可能有约去进行另一顿晚餐，更美味更轻松更富有生活气息的一餐。历史的必须之后肯定还有现实的快乐。当然。这种保守的庄严与珍惜的认真劲儿也令人感动，没有这就没有剑桥，没有英国，再引申一步，就没有欧洲，并且（对不起），这本身就有观光价值。什么时候我们中国也有这种古色古香的演示与咀嚼呢？为什么有时候我们是那样气冲冲恶狠狠地对待历史呢？

从圣约翰书院出来，天色尚早，刹那的夕阳余晖一闪，阴云迅速地重新遮盖了天空。我很庆幸，可以早早地与校方的人员告别，享受一个晚上的自由独处。重新走过大院落，走上室内的奈何桥，想念着死囚与徐志摩、想着《再别康桥》，轻轻的来与去，和《我所知道的康桥》。想着中外的历史、二次世界大战与战前战后的和平时光，在剑桥获得学位的那种庄严与不无做作的盛典，"故国"神游，多情应笑我早生华发……然后，来到了那块大草坪上。

雨后的绿草如油，映衬于四面的苍茫的建筑，显现出一种生命的滋润与新鲜。我看到了我们下榻的那间房屋的窗子，也看到了房后的教堂尖顶十字架。我想起了幼年时读过的有关欧洲的一切，比如《茵梦湖》。我知道茵梦只是音译，但是茵这个字还是使我立即把它与眼前的这片绿草联系起来。我假定绿草坪是欧洲的一道经久不移的风景。我假定不论是《傲慢与偏见》还是《简·爱》的故事乃至福尔摩斯的案件都发生在如此的绿草地上。走在这样的草地上我觉得说不出地感动。我的感动是一种不胜其美，不胜其静，不胜其古老，不胜其空空如也，不胜其平凡而又妩媚的风格的感觉。按照徐志摩的描写，也许这里是应该有几条牛的，但我也没有注意到牛。我说没有注意到，是因为我是如此地融化于这剑河边的草地的静谧之美，我似乎已经丧失了旁的能力。

又下起了雨，小风相当凉。芳说快进屋吧，这才依依不舍地进了楼。

天也就这样黑下来了。楼里照旧杳无人迹。绝了。今夕何夕，此地何地？虽说已是五月下旬，阴雨天仍然寒冷。好在房间里的暖气可以调节，拧一拧螺旋开关，发出咔咔的响动，一股子温暖就过来了。洗洗脸，用电壶坐开水沏上一杯红茶。晚间一面说闲话交换我们对于剑桥的印象，一面找出了头几天另一个东道主陈小滢女士送的她的双亲凌叔华与陈西滢的作品集翻阅。这才注意到客厅里靠墙摆着一排大书柜，书柜里码着的都是棕色皮面的精装旧书。时光似乎倒退回去了不少，我们与世界也两相遗忘，一种少有的随意与松弛抚慰着我们的心。

这时钟声又清纯亮丽地响了起来。满屋都是钟声，满身都是钟响。咚咚当当，颤颤悠悠，铺天盖地，渐行渐远，铿锵的铜声与一波未平一波又起的嗡嗡余韵互为映衬，组成了晚钟的叠层堂室。我们放下手中书，我们谛听着饱含着爱恋与关怀、雍容与悲戚的钟声。我们的心我们的身随着这钟声而颤抖而飞翔而化解。我重又浸沉到那种喜不自胜悲不自胜爱不自胜愧不自胜的心情中。我感动于钟声的悠久而惭愧于自己的匆促，我感动于钟声的慷慨而反省于自己的渺小，我感动于钟声的清洁而更产生了沐浴精神的渴望，我感动于钟鸣的深远而更急切于告别那些无聊的故事。

钟声至今仍然鸣响在我们的心里。

……第二天按计划应是乘舟游览。无奈雨愈加大了，无法"撑一支长篙"去"寻梦"，去"向青草更青处漫溯"——只好取消这本会是沉醉销魂之旅。打着伞在剑河边站了一会儿，分不清树、草、桥、河、栅栏和雨。想着，如果天气好一点是多么好啊——事情总不能太完美。

谁能呢？到图书馆里看了看，找出了一九五八年收了我的作品译文的书——那时可把我吓坏了，然后提前离开了这座大学，这座城镇。

留下一些项目以待来日吧，我们都这样说，自慰着，就像来日永远与我们同在。

1997 年 4 月

清明的心弦

我喜欢北方的初冬，我喜欢初冬到郊外、到公园去游玩。

地上的落叶还没有扫尽，枝上的树叶还没有落完，然而，大树已经摆脱了自己沉重的与快乐的负担。春天它急着发芽和生长，夏天它急着去获取太阳的能量，而秋天，累累的果实把枝头压弯。果实是大树的骄傲，大树的慰安，却又何尝没有把大树压得直不起腰来呢？

现在它宁静了，剩下的几片叶子什么时候落下，什么时候飞去，什么时候化泥，随它们去。也许，它们能在枝头度过整个的冬天，待到来年春季，归来的呢喃的燕子会衔了这经年的枯叶去做巢。而刚出蛋壳的小雏燕呢，它们不会理会枯叶的琐碎，它们只知道春天。

湖水或者池水或者河水，凌晨时分也许会结一层薄冰，薄冰上有腾腾的雾气，雾气倒显得暖烘烘的。然后，太阳出来了。有哪一个太阳比初冬的太阳更亲切、更妩媚、更体贴呢？雾气消散了，薄冰消融了，初冬的水面比秋水还要明澈淡远，不再有游艇扰乱这平静的水面了，也不再有那么多内行的与二把刀的贪婪的垂钓者。连鱼也变得温和秀气了，它们沉静地栖息在水的深处。

地阔天高。所有的庄稼地都腾出来了，大地吐出一口气，迎接自己的休整，迎接寒潮的删节。当然，还有瑟缩的冬麦，农民正在浇过冬的冻水，水与铁锨戏弄着太阳。场上的粮食油料早已拉运完毕，稀稀拉拉的几个人在整理谷草。在初冬，农民也变得从容。什么适时播种呀，龙口夺粮呀，颗粒归仓呀，那属于昨天，也属于明天。今天呢，只见个个笑脸，户户柴烟，炕头已经烧热，穿开裆裤的小孩子却宁愿待在家门外边。

这时候到郊外、到公园、到田野去吧，游人与过客已经不那么拥挤。大地、花木、池塘和亭台也显得悠闲，它们已经没有义务为游人竭尽全力地展示它们的千姿百态。当它们完全放松了以后，也许会更朴素动人，而这时候的造访者才是真正的知音。连冷食店里的啤酒与雪糕也不再被人排队争购，结束了它们的大红大紫的俗气，庄重安然。

到郊外、到公园、到田野去吧，野鸽子在天空飞旋，野兔在草棵里奔跑。和它们一起告别盛夏和金秋，告别那喧闹的温暖；和它们一起迎接漫天晶莹的白雪，迎接盏盏冰灯，迎接房间里的跳动的炉火和火边的沉思絮语，迎接新年，迎接新的宏图大略，迎接古老的农历的年。二踢脚冲上青天，还有一种花炮叫作滴溜，点起来它就在地上滴溜滴溜地转。

初冬，拨响了那甜蜜而又清明的弦，我真喜欢。

1983 年 11 月 26 日

第二辑　永远的雷雨

哭老铁

——并哭鲍昌、莫应丰

我没有想到这一个蛇年开始得这样凶险，死神突然不容分说地降临到一批正在英年的作家身上。

铁依甫江是我所知道的第一个维吾尔大诗人。他写的歌颂朝鲜人民的诗《当我看见山》感人至深。还听说早在十六岁，他的第一本诗集即在苏联的中亚地区的一个加盟共和国出版了。我是怀着羡慕和崇敬的心情来面对铁依甫江这个名字的。以至于凡是遇到我喜爱的维吾尔族歌曲，例如《伟大的园丁》《迎春舞曲》……我都认为是铁依甫江作的，为老铁争著作权而和别人辩论。当别人以确凿的证据证明某个歌词并非老铁所作时，我则怅然若失。

六十年代初期命运使我成为新疆文联铁依甫江的同事，当时的老铁有不低的级别待遇，却又在政治上极不受信任。先是不停地让他去学习，接着便进行相当规模的批评。有一次批评他的一首未发表的诗《基本上的控诉》。老铁在诗里说，"基本上"三个字被滥用了，明明把事情搞糟了，偏偏说什么"基本上"是成功的啦什么的。诗里还有一句话，讽刺吹牛皮放大炮的人，说他们是"用舌头攻占城池的勇士"。这句话被认为非常"恶毒"（或者说是非常精彩），说老铁攻击了"大跃进"，"罪该万死"。

老铁是名诗人，更是名"运动员"。从五十年代后期以来，一搞政治运动就要批评他，来头很大，人人得而攻之得而侮之。确实许多人是响应号召来批他的，但确实也有几个人通过毁损比自己智商高许多成就大许多的名人感到一种特殊的快意，以弥补自己卑琐的生命与愚鲁的头脑带来的自惭形秽的空虚。我到新疆以后才知道，铁依甫江是打入"另册"的人，是人们嘲笑和贬斥的对象。

老铁学会了做检讨，所以每次运动都能化险为夷，又因为诗名赫赫，运动了半天还是著名诗人、十三级干部老铁。而不管怎么运动怎么检讨怎么贬斥，铁依甫江始终是二目炯炯，面带笑容，身强力壮，谈笑风生。他的笑话永远被传诵，他的笑话集中起来又成为运动中的"罪行"。承认并批判了"罪行"之后他被宽大，宽大之后再说新的笑话。幽默感是老铁的基本功能与基本品质。没有幽默感老铁不可能活到今天。没有经历过老铁的坎坷的人无权对老铁的善检讨与多幽默进行非议。

"文化大革命"中老铁过不去了，被说成敌我矛盾，下到农村当农民。据说老铁仍然活得不错。他小时候读过伊斯兰教的经文学校，懂经文——阿拉伯文，也懂一些波斯文与俄文。据说在农村他成了衣麻穆——经师，到处念经，并受到农民宰羊屠牛的招待，不知是不是事实。

旋即老铁被落实政策召回，旋即成了受宠的人物。于是又有人侧目而视。我在一九七三年以后也通过铁依甫江的美言争取了自己的处境的些微改善：如可以不去坐班，可以更多地读书、翻译与写作，虽然没有写成什么，但是老铁没有拒绝向我伸出援助之手。这也算惺惺惜惺惺吧，谢谢你，老铁哥！

"受宠"以后便要写一些应时的诗。我还译过几首他的这种无价值的诗。后来情况又变了，老铁又不那么"受宠"了。后来"四人帮"就倒了。

老铁和我都为他写我译的竟是那种口号诗而遗憾。"四人帮"倒台以后我向他建议，写十首真正有感情的诗吧，最好是爱情诗，我给你译。他很赞成，但终于没有写出来。青年诗人——天才——可疑分子——运动员——敌我矛盾——落实政策——宠臣——非宠臣……走完一遍这样的路，还写得出爱情诗吗？

写不出爱情诗他也不能死！他幽默，健康，坚强，大度，他死不了！在乌拉泊"五七干校"的碱地上，他干起活来像一头牛一样，打土坯，打馕，盖房，浇水，收割，他一个人顶三个人，可不像后来的某些诗人那么娇嫩自怜。所以，当一九八七年听说他也得了和克里木·霍加一样的病的时候，我不能相信。一九八八年夏天我去新疆驻京办事处看他，他刚动完手术，他清瘦了一点，又掉了许多头发，是因为放疗化疗的缘故，但他仍然不停地说着打趣的话。

甚至一九八九年一月的最后诀别，在 301 医院，即将回疆度过自己的最后的屈指可数的日子的衰弱的老铁仍然不忘开玩笑。老铁向赛福鼎同志介绍一九八〇年我们在一起时开的玩笑。那年我们同车去鄯善县，铁依甫江受到农民的热烈欢迎。农民们不仅用吃喝，而且用朗诵自己的诗作来欢迎他，他也用诵诗答谢农民。维吾尔民族是一个诗的民族。老铁这样的诗人精英并没有用疏远乃至敌视大众作为自己"确属精英"的标志或代价或证明，这使我非常佩服，也羡慕。老铁访问一位大嫂时，大嫂送给他几棵白菜。我调侃说："真是人民的诗人啊，所以要吃人民的白菜！"老铁为之喷饭，并引用转述这个故事来作为他与他的在京的故人们的诀别……

而这样的诗人死了，克里木·霍加也死了，两个人同样的命运，同样的病。这是真主给维吾尔的最有才华的诗人的安排吗？我离开新疆十年，哈萨克族作家郝斯力汗、马合坦死了，维吾尔族评论家帕塔尔江死了。然后是这两位出色的诗人。所有这些人都是刚刚五十多岁就凋谢了。遥望天山，欲哭无泪！让我们再回到"五七干校"去吧，我们一起夜班浇水——当然，是你们帮我干了许多活，我们轮流抽莫合烟与阿尔巴尼亚香烟。我们用各种警语妙语谐语来互相安慰解脱，曲折地表达我们的心意。那样的生活，不是很幸福吗？只要人平安，只要人长久！

　　打击还不仅是这呢。莫应丰，五十一岁逝世。就在铁依甫江逝世后的当天十几个小时以后，千不该万不该，鲍昌也走了。这些历经坎坷的中年作家！这些刚刚过了三天半好日子正要大展宏图的中年作家！这些两肩挑着重担的中年作家！这是怎么了啊？

　　春节中接到身患偏瘫、已有好转的刘绍棠的来信，信中说："惊悉鲍昌突患恶疾，更为心冷。难道吾辈兄弟气数将尽乎？比我们老的活得寿长，比我们小的活得自在，羡煞人也……"

　　现在还能说什么？天啊，真主啊，叫也白叫吗？

1989 年 3 月 4 日

想念冰心

    与世纪同龄的冰心比我的父母还要年长十来岁，我的父辈已经是她的读者了。我上小学三年级时买了一本旧版的"全一册"《冰心全集》，我至今记得我的父母看到这本书时眼睛里放射出来的兴奋的光芒。

    那时我就读了《寄小读者》《英士去国》《到青龙桥去》《繁星》和《春水》，在写母爱、写童心、写大海的同时，冰心同样充满了对国家和民族的忧思。

    五十年代我读过她的一些译作，像泰戈尔的，像纪伯伦的，我真佩服她的博学。

    直到七十年代后期我才有机会与她老人家有所接触。她永远是那么清楚、那么分明、那么超拔而又幽默。她多年在国外生活和受教育，但是她身上没有一点"洋气儿"，她是一个最最本色的中华小老太太。她最反感那种数典忘祖的假洋鬼子。她八十年代写的小说《空巢》里表达了她永远不变的对祖国的深情。她关心国家大事，常常有所臧否。她更关心少年儿童，关心女作家的成长，关心散文创作。她既有时人们爱用的"有机知识分子"的忧国忧民之心，又深知自己的特色，知道自己适合做一些什么，她不是只知爱惜羽毛的利己者，也不是大言不惭的清谈家。

她常常以四两拨千斤的自信评论是非。她说一件事怎么样做就是"永垂不朽"而换一种做法就是"永朽不垂"。她说她不喜欢的一本刊物"只消改一个字就行了"。她的话令人忍俊不禁。她会当面顶撞一些人，说什么"你讲的都是重复"。而对她不喜欢的人不自量力地去求字，她就问："你带了纸来了吗？你带了笔来了吗？你带了墨来了吗？没有这些，怎么样写字呢？"她说起她的这种"狡猾"摆脱纠缠的故事，她自己也禁不住得意地大笑。

她更乐于自嘲。她刻一方印章"是为贼"——隐"老而不死"之意。她自称自己是"坐以待币（毙）"，她解释说是坐在家里等稿费——人民币。在她的先生吴文藻教授去世后，她说她已经能够做到毛泽东倡导的"五不怕"了，不怕离婚了。此外她已年逾九十，所以不怕杀头，也无官可罢无党籍可以开除。一九九四年她大病过一场，我去看她，她说："放心，这次我死不了，孔子活了七十三，孟子活了八十四，谢子（指她自己）呢，要活九十五。"如今，九十五早已超过了，这就是"仁者寿"的意思吧。

然而对于国家大事，她是严肃的，她拿出自己的不多的稿费积存捐赠给灾区人民，她又拿出自己的钱办散文评奖。

她近年身体益弱，有一次我去看她——她连眼睛都睁不开了。然而，无论什么时候她都是清醒的。后来，她的身体奇迹般地又恢复了。有一次我又去看她——她正在接受一家电视台的采访，我劝她，不必满足一切记者的要求，您累了，闭目养神可也。她回答说："那不等于下逐客令吗？那怎么好意思呢？"

我过去说过，冰心是我们的社会生活文艺生活里一个清明、健康和稳定的因素。现在她去了，那么，回忆她、阅读她，这也是一个清明、健康和稳定的因素吧。在遇到困扰的时候，在焦躁不安的时候，在悲观失望的时候和陷入鄙俗的泥沼的时候，想想冰心，无异一剂良药。那么今后呢？今后还有这样大气和高明、有教养和纯洁的人吗？伟大的古老的中华民族，不是应该多有几个冰心这样的人物吗？

1999 年 3 月 4 日

夏衍的魅力

在大六部口那个漂亮的四合院和陈设简陋乃至于寒酸的房间里，我们从来只谈国家、世界、文艺大事。我说："上星期三，报纸上有一篇重要的报道……"

他说："噢，不是星期三，是星期四。"

我为他的水晶般的清晰吓了一跳。因为他是夏衍，比我大三十四岁，他加入中国共产党的时候距离我出生人世还有七年。

他永远是那么敏捷，有条理，言简意赅，不打磕绊，不模糊吞吐，不哼哼哈哈，节奏分明而又迅疾，应对及时而又一针见血。他的这些特点使你不相信他是一个九十多岁的人。

如果是第一次见面，你也许会为他的瘦削而吃惊，他这个人也像他的思想、语言一样，删除了一切枝蔓铺排，只留下提炼到最后的精粹。据说他从来没有达到过五十公斤，在他的生命晚期，他大概只有三十公斤体重。

然而，他总是明白透彻，一清见底。

他当然是绝对的前辈，然而他从来不摆前辈的谱。他早就担任高级领导职务了，然而他从来不拿哪怕是一点点官架子。说起待遇，他说五十年代有一回他出差到某市，当地按照他的级别给他安排了房间，"那房间大得太可怕"，他说的时候似乎还"心有余悸"。八十年代初期，有一次邓友梅同志称他与另一位担任领导职务的老作家为"首长"，他立即打断，说："不要叫首长。"

他真诚待人，渴望吸收新的信息，对于一切新的知识新的动向感兴趣，而且，青年人一样地幽默，在这方面，他永远不老。

我第一次听他讲话是他在第四次文代会上致闭幕词。与一些官样文章不同，夏老语重心长地讲了反封建与学科学，字字出自肺腑，字字是毕生奋斗经验的结晶，寄大希望于年轻人，令人感奋不已。

各种问题他常有独具慧眼的卓识，例如他说过，建国后前三十年的最大失误是没有搞计划生育。你听了会一怔，再一想实在是深刻：甚至连"文化大革命"这样的骇人听闻的错误也还是可以事后在某种程度上予以弥补和纠正的。人一下子多出来了好几亿，谁有本事予以"纠正"呢？从此，世世代代，后人们就得永久地背起这多出的几亿人口的包袱——后果以至于无穷了。

华艺出版社一九九〇年出版了一个《当代名家新作大系》。出版社领导要我求夏公给写个序。考虑到夏公的高龄，我起草了一个提纲供他参考。夏公给我写了一封信，说是各人文章写起来风格不同，捉刀的效果往往不好，他无法使用我代为起草的提纲，他自己一笔一画地另外写了颇有见地而又清澈见底的序言。他还对一个我们都很熟悉的朋友说："按王蒙的那个提纲去写，人家一看，就是王蒙的文章么，怎么会是夏衍写的呢！"就这样，他老人家就把我的提纲"枪毙"了。但可能是为了"安慰"我，他声称他的序言里已经吸收了我的提纲。我也就假装得到了安慰和鼓励，心中暗暗为老人喝彩叫绝。

提起文艺界某些小圈子现象，夏公不火不怒地笑着说："我看他们一个是'鲁太愚'，一个是'全都换'。"他用了韩国两位政治家的名字的谐音，令人忍俊不禁。当然，请韩国朋友们原谅，这里绝对没有对韩国政治家不敬的意思。

然后他又俏皮地说："有些人现在是分田分地真忙了，但是谁知道分了地后长不长庄稼？"

他莞尔一笑，觉得有趣。

他的话传出去了，其实挺厉害。

但我从没有看到过他为了小人得志的事儿发怒，他也从来不向我抱怨诉苦，哪怕是老年人的生理上的病痛。他也从不炫耀自夸什么，从无得意扬扬之态，正如从无怨天尤人之语。他从不谈个人，也不说任何个人的坏话。对于个人之间的亲疏远近恩怨，他一贯认为是小问题。这样我也就不好意思向他抱怨任何人，包括抱怨起来绝对不会冤枉的人。同样，我也从不与他谈我个人处境上的风波，不管风波已经到了什么程度。在我们的频繁的接触中，从来没有为个人的事互相关照或者求助。"稀粥事件"他也略表关心，他当然有他的倾向，但是他坚持认为，这只是小事一桩，不足挂齿。上述的"夏味幽默"中的讥讽意味，对于他来说，也就算是到了顶了。他自己还是高高兴兴地过日子。每天他细细地看书看报听广播，只关心大事。

小事当然也有，例如养猫与观看世界杯足球比赛实况转播。七十年代初期，与世纪同龄的他居然半夜里起床看球并如数家珍地有所评论，这真是一绝。

在大六部口的住所院落里，有两棵丁香树，一紫一白。一九九〇年开花时节，我去赏花，打从年轻时候我就喜欢丁香。夏老那天也高兴，扶着拐出来看花，看小猫在房上跑，他还兴致勃勃地说是它也喜欢石榴花。那场面很像是一幅水墨"新春行乐图"。

人老到一定程度，会有一种特殊的美：那是无限好的夕阳，个性已经完成，是非了如指掌，经验与学识博大精深，知止有定，历尽沧桑，个人再无所求。他无欲则刚，刀枪不入，超脱俗凡，关注人生，原谅一切可原谅的人和事，洞悉一切花拳绣腿，既带棱带角，又含蓄和解，一语中的，入木三分，一言一笑都那么有锋芒有智慧有分量有原则有趣味而又适可而止。

一九九五年元月初，我最后一次在他清醒的时候看望他。我们谈论的是社会治安问题与《人民日报》上刊登的胡绳同志的一篇文章：《马克思主义是发展的》。那天他精神很好，坐在椅子上谈笑风生。说曹操，曹操就到。说着说着胡绳同志进病房来看望夏公来了。据说那是夏公去夏病情不好住院以来情况最好的一天。

倒数第二次与夏公（昏迷前）的见面是去年十一月底。他那天十分疲劳，静卧在病床上。他已经卧床数日了。见此情况我稍事问候便起身告辞，以免打搅。夏公平躺着衰弱地说：

"有一个担心……"

我连忙凑过去，以为他有什么话要告诉我。

他继续说："现在从计划经济转变成为市场经济，而我们的青年作家太不熟悉市场经济了。他们懂得市场么？如果不懂，他们又怎么能写出反映现实的好作品来呢？"

我感到惊讶。在卧床不起的情况下，夏公关心的仍然是中国的文学事业。

他的离去也是颇有自己的独特风格。一九九五年一月二十一日，他清晨起来吃早饭的时候就感觉不好，发了点脾气，摔了一样器皿。于是他自觉不对头，找了子女来，从容地、周到地、得体地吩咐了后事。他说，在他九十五岁生日的时候有关方面搞的活动，对于他有一个评价，除去溢美的水分，他自己还是满意的。他希望走以后，不搞什么活动，把骨灰撒到他的家乡——浙江——钱塘江里。谈到料理后事的时候，他还提到了陈荒煤与王蒙的名字。两个小时以后，他昏迷过去，从此再没有苏醒过来，直到春节休假过后上班第二天，他溘然长逝。他一辈子清清白白，走也是清清白白地走了的。

不知道这里有什么缘分，以阴历计算，我与夏老出生在同一天，即重阳节的前一天——阴历九月八日。我现在住的房子，是夏老住过的。他在九十年代初期还特意来他的旧居——我的也已经不算新的房子来看了看。

也许在他走以后，人们会愈来愈感到他的可贵。中央领导，各部门领导，文艺界，各省市各地方，人们一次又一次地由衷地缅怀夏公，真情流露，涕泪交加，使你觉得人心不死，民气昂奋，冥冥中有大道大义存焉。中国人，中国的知识分子远远不是全部堕进了钱眼儿里。中国的事业正是大有希望。

许多年轻的与不年轻的文艺家都喜欢到夏公那边去，与他交往令人心旷神怡，温馨而又超拔，光明而又通达，锐利而又沉稳。特别是对于年轻人，他是那么充满爱心。我们常常讲什么营造如坐春风的气氛，在夏老那里，那才是如坐春风呢！环顾四周，常有老、中、轻的"代"的隔膜，包括我个人有时也为之所苦，不承认隔膜也许更说明隔膜之深。但是想一想夏公，关键还是看自己的思想境界与是否具备应有的长者风范。没有什么可烦恼的了。是的，他聪明而又宽厚，德高望重而又平等待人，洞察世事而又不失趣味乃至天真，直面真实而又从容幽默，我行我素而又境界高蹈，永葆本色而又绝不任性，不苟同更不知道什么叫迎合讨好，不自得也不会被什么大话牛皮吓住。他是铮铮铁骨，拳拳慈心，于亲切中见极高的质地。毛泽东有所谓"脱离了低级趣味的人"一说，说是说了，真正脱离低级趣味的人实在是凤毛麟角。我谓夏公是真正脱离了低级趣味的人。夏公的性格是一种美，夏公的人品与智慧实在是充满了魅力。他的去世令我万分悲伤，但是一旦回忆起他的音容笑貌谈吐识见，我不能不发出会心的满意的微笑。

周扬的目光

如果我的记忆无误的话——我从来没有用文字记录一些事情的习惯，一切靠脑袋，常有误讹，实在惭愧——是一九八三年的岁末，周扬从广东回来。他由于在粤期间跌了一跤，已经产生脑血管障碍，语言障碍。我到绒线胡同他家去看他，正碰上屠珍同志也在那里。当时的周扬说话词不达意，前言不搭后语，以至尽是错话。他的老伴苏灵扬同志一再纠正乃至嘲笑他的错误用词用语。他自己也有自知之明，惭愧地不时笑着，这是我见到的唯一一次，他笑得这样谦虚质朴随和，更传神一点，应该叫作傻笑。眼见一个严肃精明、富有威望的领导同志，由于年事已高，由于病痛，变成这样，我心中着实叹息。

我和屠珍便尽量说一些轻松的话，安慰之。

只是在告辞的时候，屠珍同志问起我即将在京西宾馆召开的一次文艺方面的座谈会。还没有容我回答，我发现周扬的眼睛一亮，"什么会？"，他问，他的口齿不再含糊，他的语言再无障碍，他的笑容也不再随意平和，他的目光如电。他恢复了严肃精明乃至是有点厉害的审视与警惕的表情。

于是我们哈哈大笑，劝他老人家养病要紧，不必再操劳这些事情，这些事情自有年轻的同志去处理。

他似乎略略犹豫了一下，然后"认输"，向命运低头，重新"傻笑"起来。

这是我最后一次在他清醒的时候与他见的一面，他的突然一亮的目光令我终生难忘。底下一次，就是一九八八年五次文代会召开前夕陪胡启立同志去北京医院的病房了，那时周扬已经大脑软化多年，昏迷不醒，只是在唤他的名字的时候他的眼睛还能眨一眨。毕淑敏的小说里描写过这种眨眼，说它是生命最后的随意动作。

周扬抓政治抓文艺领导层的种种麻烦抓文坛各种斗争长达半个世纪，他是一听到这方面的话题就抖擞起舞，甚至可以暂时超越疾病，焕发出常人在他那个情况下没有的精气神来。这给我的印象太深了。同时，没有"出息"的我那时甚至微觉恐惧，如果当文艺界的"领导"当到这一步，太可怕了。

一九八一或一九八二年，在一次小说评奖的发奖大会上，我听照例的周扬同志的总结性发言。周扬同志说到当时某位作家的说法，说是艺术家是讲良心的，而政治家不然云云。周说，大概在某些作家当中，把他是看作政治家的，是"不讲良心"的，而某些政治家又把他看作艺术家的保护伞，是"自由化"的。说到这里，听众们大笑起来。

然而周扬很激动，他半天说不出话来。由于我坐在前排，我看到他流出了眼泪。实实在在的眼泪，不是眼睛湿润闪光之类。

也许他确实说到了内心的隐痛，没有哪个艺术家认为他也是艺术家，而真正的政治家们，又说不定觉得他的晚年太宽容，太婆婆妈妈了。提倡宽容的人往往自己得不到宽容，这是一个无情的然而是严正的经验。懂了这一条，人就很可能成功了。

就是在那一次，他也还在苦口婆心地劝导作家们要以大局为重，要自由但也要遵守法律规则，就像开汽车一样，要遵守交通警的指挥。他还说到干预生活的问题，他说有的人理解的干预生活其实就是干预政治。"你不断地去干预政治，那么政治也就要干预你，你干预他他可以不理，他干预你一下你就会受不了。"他也说到说真话的问题，他说真话不等于真理，作家对于自己认为的说真话应该有更高的要求。他在努力地维护着党的领导，维护着文艺家们的向心力，维护着十一届三中全会以来出现的文艺工作蓬勃发展的大好局面，甚至为之动情落泪，殷殷此心，实可怜见！

在此前后，他在一个小范围内做了类似的发言，他说作家不要骄傲，不要指手画脚，让一个作家去当一个县委书记或地委领导，不一定干得了。他受到了当时还较年轻的女作家张洁的顶撞，张洁立即反唇相讥："那让这些书记们来写写小说试试看！"

我们都觉得张洁顶得太过了，何况那几年周扬是那样如同老母鸡保护小鸡一样地以保护文艺新生代为己任。但是彼时周扬先是一怔，他大概此生这样被年轻作家顶撞还是第一次，接着他大笑起来，他说这样说当然也有理，总要增进相互的了解嘛。

他只能和稀泥。他那一天显得反而是十分高兴，只能说是他对张洁的顶撞不无欣赏。

周扬那一次显得如此宽厚。

然而他在他的如日中天的时期是不会这样宽厚的，六十年代，他给社会科学工作者讲反修，讲小人物能够战胜大人物，那时他在意识形态领域的影响达到了一个相当的高峰，那时候他的言论锋利如出鞘的剑。他在著名的总结文艺界反右运动的《文艺战线上的一场大辩论》中提出"个人主义是万恶之源"的时候，也是寒光闪闪，锋芒逼人的。

一九八三年秋，在他因"社会主义异化论"而受到批评后不久，我去他家看他，他说到一位领导同志要他做一个自我批评，这个自我批评要做得使批评他的人满意，也要使支持他的人满意，还要使不知就里的一般读者群众满意。我自然是点头称是。这"三满意"听起来似乎很难很空，实际上确是大有学问，我深感领导同志的指示的正确精当，这种学问是书呆子们一辈子也学不会的。

我当时正忙于写《在伊犁》小说系列，又主持着《人民文学》的编务，时间比金钱紧张得多，因此谈了个把小时之后我便起立告辞。周扬显出了失望的表情，他说："再多坐一会儿嘛，再多谈谈嘛。"我很不好意思也很感叹。时光就是这样地不饶人，这位当年光辉夺目，我只能仰视的前辈、领导、大家，这一次几乎是幽怨地要求我在他那里多坐一会儿。他的这种不无酸楚的挽留甚至于使我想起了我的父亲，他每次对于我的难得的造访都是这样挽留的。

他是从什么时候起变得有些软弱了呢？

我想起了一九九三年初我列席的一次会议，在这次由胡乔木同志主持的会议上，周扬已经处于被动防守的地位，吃力地抵挡着来自有关领导对于文艺战线的责难，他的声音显出了苍老和沙哑。他的难处当然远远比我见到的要多许多。

而在三十年前，一九六三年，周在全国文联扩大全委会上讲到了王蒙，他说："……王蒙，搞了一个右派喽，现在嘛，帽子去掉了……他还是有才华的啦，对于他，我们还是要帮助……"先是许多朋友告诉了我周扬讲话的这一段落，他们都认为这反映了周对于我的好感，对我是非常"有利"的。

当年秋，在西山八大处我参加全国文联主持的以反修防修为主题的读书会的时候，又亲耳听到了周扬的这一讲话的录音，他的每一个字包括语气词和咳嗽都显得那样权威。我直听得汗流浃背，诚惶诚恐，觉得党的恩威，周扬同志的恩威都重于泰山。

我是在一九五七年春第一次见到周扬同志的，地点就在我后来在文化部工作时用来会见外宾的子民堂。我由于对《组织部来了个年轻人》受到某位评论家的严厉批评想不通，给周扬同志写了一封信，后来受到他的接见。我深信这次谈话我给周扬同志留下了好印象。我当时是共青团北京市东四区委副书记，很懂党的规矩，政治生活的规矩，"党员修养"与一般青年作家无法比拟。即使对于那篇小说，我不能接受那种严厉的批评，我的态度也十分良好。周扬同志的满意之情溢于言表。他见我十分瘦弱，便问我有没有肺部疾患。他最后还皱着眉问我："有一个表现很不好的青年作家提出苏联十月革命后的文学成就没有十月革命前的文学成就大，你对这个问题怎么看？"我回答说："这是一个复杂的问题，需要进行全面的调查和研究，需要掌握充分的资料，随随便便一说，是没有根据的。"周扬闻之大喜。

　　我相信，从那个时候起他就决心要一直帮助我了。

　　所以，一九七八年十月，报纸上是"文革"以来第一次出现了周扬出席国庆招待会的消息，我立即热情地给他写了一信，并收到了他的回信。

　　所以，在一九八二年底，掀起了带有"批王"的"所指"的所谓关于"现代派"问题的讨论的时候，周扬的倾向特别鲜明（鲜明得甚至我自己也感到惊奇，因为他那种地位的人，即使有倾向，也理应是引而不发跃如也的）。他在颁发茅盾文学奖的会议上大讲王某人之"很有思想"，并说不要多了一个部长，少了一个诗人，等等。他得罪了相当一些人。当时有"读者"给某文艺报刊写信，表示对于周的讲话的非议，该报刊便把信转给了周，以给周亮"黄牌"。这种做法，对于长期是当时也还是周的下属的某报刊，是颇为少见的。这也说明了周的权威力量正在下滑失落。

　　新时期以来，周扬对于总结过去的"左"的经验教训特别沉痛认真。也许是过分沉痛认真了？他常常自我批评，多次向被他错整过的同志道歉，泪眼模糊。在他的生命的最后几年，他特别注意研究有关创作自由的问题，并讲了许多不无争议的意见。

当然也有人从来不原谅他，一九八〇年我与艾青在美国旅行演说的时候就常常听到海外对于周扬的抨击。那是没有办法的事。

我听到不止一位老作家议论他的举止，开会时，他当然是常常出现在主席台上的，他在主席台上特别有"派"，动作庄重雍容，目光严厉而又大气。一位新疆少数民族诗人认为周扬是美男子，另一位也是挨过整的老延安作家提起周扬的"派"就破口大骂。还有一位同龄人认为周扬的风度无与伦比，就他站在台上向下一望，那气势，别人怎么学也学不像。

还有一位老作家永不谅解周扬，也在情理之中。有一次他的下属向他汇报那位作家如何在会议上攻他，我当时在一旁，周扬表现出了政治家的风度，他听完并无表情，然后照旧研究他认为应该研究的一些大问题，而视对于他的个人攻击如无物。这一来他就与那种只知个人恩恩怨怨、只知算旧账的领导或作家显出了差距。大与小，这两个词在汉语里的含义是很有趣味的。周扬不论功过如何，他是个大人物，不是小人。

刘梦溪同志多次向我讲到周扬同志在十一届三中全会之后总结党的历史经验时说的两句话，他说，最根本的教训是，第一，中国不能离开世界；第二，历史阶段不能超越。

言简意赅，刘君认为他说得好极了，我也认为是好极了。可惜，我没有亲耳听到他的这个话。

永远的雷雨

为纪念曹禺先生逝世一周年，北京人民艺术剧院重新上演《雷雨》。我有幸被邀去看，距上一次看《雷雨》，倏忽四十余年矣。上一次是一九五六年，召开第一次全国青年创作积极分子会议时。（那时为了防止我们这一伙人骄傲，不让叫青年作家。）至今我记得儿童文学作家刘厚明看完于是之、胡宗温、朱琳、郑榕、吕恩等演的戏后对我说的话："我感到了艺术上的满足。"如今，厚明亦作古八年矣。

我从上小学就看《雷雨》，加上电影，看了不下七八次，许多台词——特别是第二幕的一些台词我已会背诵。我特别喜欢侍萍回忆三十年前旧事时说的"那时候还没有用洋火"这句话，我觉得现在的演员（不是朱琳）没有把这句话的沧桑感传达出来。我知道《雷雨》的情节与人物家喻户晓。我的缠足的、基本不识字的外祖母，在我七岁时就向我介绍过戏里的人物，她说鲁大海是一个"匪类"，而繁漪是一个"疯子"。

《雷雨》表现了人的与（旧）社会的罪恶，毫不客气，针针见血。

戏里表现出来的罪恶主要来源有二，一是阶级，二是性。不但周朴园是剥削压迫工人"下人"的魔王，繁漪也是张口闭口下等人如何如何，把繁漪说得如何富有革命性乃至这样的人可以成为共产党员（请参看拙著《踌躇的季节》）怕只是一厢情愿。《雷雨》是猛批了资产阶级的，比《子夜》揭露更狠，是现代文学史上突出地批判资产阶级的为数不太多（与反封建主题相比较）的重要作品之一。《雷雨》里充满了压抑、憋闷、腐烂、即将爆炸的气氛，这种气氛主要是由于周朴园的蛮横专制造成的。与憋气与闷气共生的，则是一股乖戾之气——早在明朝就有人注意到了弥漫中华大地上的一股戾气。《雷雨》里的人物，多数如乌眼鸡，一种仇恨的恶毒、一种阴谋和虚伪毒化着一个又一个的心灵。周朴园、繁漪、周萍、鲁贵、鲁大海，无不一身的戾气。当然，大海的戾气是周朴园逼出来的，你也不妨说旁人的戾气也应由周老爷负责——这就是戏之为戏了。实际上，找出了罪魁祸首直至除掉了罪魁祸首之后，各种问题并不会迎刃而解。但是压抑和憋闷再加上乖戾，就是在呼唤惊雷闪电，呼唤血腥，呼唤死亡——有了前边的那么多铺垫，你甚至会觉得不在最后一场死他一串就是世无天理。从阶级斗争的角度来看，这种情势实际上是在呼唤革命。而从民主主义的观点来看，你也可以说是在呼唤民主——只有民主才能消除憋闷与乖戾二气。

戏里的阶级矛盾非常鲜明。每个阶级都有极端派或死硬派，有颓废派、天真派乃至造反派之类属。这种类属的配置，既是阶级的，又是戏剧——通俗戏剧的。有了这种配置，还愁没有戏吗？所缺少的，大概就是黑社会和妓女了，果然，到了《日出》里，这两类人物便也粉墨登场。

周朴园与鲁大海都很强硬。解放后的处理，加强了对于大海的同情，而减弱了他的"过激"的一面。但曹氏原作，似乎无意将其写成一个工人阶级的代表，他的工人弟兄的叛卖，也不符合歌颂工人阶级的意识形态要求。即使如此，整个压抑异常的戏里，只有大海拿出枪来整他的后老子一节令人痛快，令人得出麻烦与压迫还得靠枪杆子解决的结论。曹禺当时似乎还不算暴力革命派，但是从曹禺的戏里可以看到整个社会的矛盾和激化程度与激进思潮的席卷之势，连非社会革命派的作品里也洋溢着社会革命的警号乃至预报。呜呼！革命当然是必然的与不可避免的了。不管革命会付出多少代价，走多少弯路。不这样认识问题，就有向天真烂漫的周冲靠拢的意味了。

想来想去，全剧最具有人文精神的人物就是周冲，而周冲的表现竟成了讽刺，尤其此次演出，周冲给人的感觉如同滑稽人，着实令人可叹。四凤与鲁妈也够清洁的。但四凤叫人可怜，她的无知与奴性令人心烦——中国人毕竟走过了很长的一段路了。鲁妈更像一个圣者，一个理想主义者，她的撕支票至今仍然放射着反拜金主义的光辉。然而她抵抗不了"世道"，她是失败者，她可以到舞台上表演并赢得观众的同情的热泪，却于事无补；她无法兼善天下，连独善其身也根本做不到。她的质本洁来还洁去，令人想起失败的林黛玉来。她的不抵抗主义，则叫人想起圣雄甘地。她对"世道"的控诉，客观上也是通向革命的结论的。区区"世道"二字，承担了多少人多少代的仇恨与责任！这两个字在罪有应得的同时，是不是也太容易叫人忘却了自身的问题了呢？而不能自救者，能一定为世道改变所救吗？

对立的阶级都有自己的颓废派，或者叫叛徒，或者叫痞子。鲁贵是痞子无疑，繁漪被父子两代人逼得也采取了痞子手段：从盯梢、关窗、锁门到告密。由于解放后大家喜欢搞两极对立思维，繁漪是划到"好人"这一边的，所以论者大多为贤者讳，不提繁小姐的这一面。周萍也是颓废派，他很痛苦，但此次濮存昕演的周萍，漫画化了，一举一动，观众都笑，连他最后为自杀开抽屉拿枪也是引起观众一阵哄笑，这太失败。濮存昕是一个优秀的演员，所以把大少爷演成这样的小丑，一个是两极对立的思维模式起作用，二是他还嫩，他不理解那种人格分裂的、自己极其痛苦也不断地给旁人制造痛苦的人物。

痞子的特点之一是出戏，它们是一种作料。正因为人皆不愿痞，人都要约束自己包装自己使自己成为正人君子；这样，潜意识里积存了不少痞能，便想在舞台上看看痞戏，发泄发泄，嘲笑嘲笑，使某些潜能情意结得以释放。很多大人物都有痞的一面，例如刘邦、赵匡胤之类……伟大的齐天大圣，从玉皇大帝的门阀观点看，也只不过是个痞子。生旦净末丑里的丑虽然排行最后，却是不可少的。更出戏的却是疯子，疯而后痛快，疯而后本真，这是对体制也是对文化的抗议——哪怕是半疯或佯疯或被污蔑为疯。繁漪就是应该有一点疯，在如此环境与遭际中不疯才是更大更可怕的精神疾患。而现在的演员把她演得一点不疯，反而减少了她的悲剧性。京剧里也是出来疯子就好看了——例如《宇宙锋》——否则，人人迈着方步，不是大人先生就是"坚陀曼"，还能有什么戏！我观看好莱坞影片已得出结论：中国样板戏的特点是戏不够，（阶级）敌人凑；美国肥皂剧与商业片的特点则是戏不够，心理变态凑。如果不写心理变态者，多少戏剧冲突都没有了呀。曹禺在这些方面，用得很充分。

这就又扯到了性。因为美国影片里的心理变态者多是穷追并杀戮女性。《雷雨》中，阶级的罪恶表现为性罪恶，处理罢工事件云云则只是虚写。而事物一旦表现为性罪恶，就有点原罪的意思了。谁让人这么没有出息，生下来就带着全套家什。而性罪恶中最刺激的一是强奸，一是乱伦。而比较常见的被老百姓谴责的性罪恶是"始乱终弃"。强奸云云，《雷雨》中未有表现。但是乱伦，戏里是写了个不亦乐乎。曹氏很有火候，第一乱是周萍与繁漪，二人并无血缘关系（但大少爷是他爸的亲儿子，所以也挺恶心）；第二乱，周萍与四凤，不知者不怪罪，只能罪天罪命。这就不像西方电影里动不动露骨地讲什么父亲与女儿如何如何，令人讨厌。现在，人们都知道什么弑父娶母的俄狄浦斯情结与恋父的伊赖克特拉情结了；其实要把弗洛伊德的学说贯彻到底，就应该讲讲周萍四凤情结。

《雷雨》里对周氏父子的"始乱终弃"也谴责得很厉害。半个世纪以前，即此戏诞生的年代，性问题上的一个重要观念就是男权中心，女子在性上永远是受害一方，被欺侮的一方，被"始乱终弃"者。同时，社会上又十分男性中心地厌恶与丑化女性之"妒"和此种妒之"毒"。这里既有事实根据，也有传统观念，这些都表现在《雷雨》里了。加上同情与可怜弱者，这戏的主题显得既传统又激进，既从俗又理想，它的价值判断有极大的接受面积。

《雷雨》已经在中国演了近七十年，七十年来长盛不衰。这确实是经典（即古典）之作，哪怕说此剧本有所借鉴，不是绝对地百分之百地原创也罢，只要戏好，就站得住，就大放光芒。其情节、人物性格与人物关系之周密与鲜明的处理，令人叫绝。同时，它的范式包括价值观念符合一个通俗戏的要求：乱伦、三角、暴力（大海与周萍互打耳光、大海用枪支威胁鲁贵）、死而又生、冤冤相报、天谴与怨天、跪下起誓、各色人物特别是痞子疯子的均衡配置、命运感与沧桑感、巧合、悬念，特别是各种功亏一篑、失之毫厘谬以千里的"寸劲儿"，都用得很足很满。这种范式很有生命力与普遍性，能成为某种套子，所以别的剧本也可以套用，例如话剧《于无声处》。这种范式却也常常成为此类艺术样式特别是作者自己前进中的绊脚石，它太成功了太严密了太满了，高度"组织化"了，已经组织得风雨不透啦——没有为作者预留下发展与变通的空间。

经典与通俗并非一定对立，在古代毋宁说它们是相通的，如莎士比亚，如中国的几大才子书，如狄更斯。愈到现当代，所谓严肃文艺与通俗文艺愈拉开了距离，真不知道该为此庆贺还是悲哀。

反正现在似乎不是一个古典主义的时代，现在的通俗也商业化得吓人。中国的话剧本来就是后来引进的品种，飞快地走完了人家欧洲百年路程，飞快地并且夹生地走过了经典加通俗的阶段。

　　说到这里我想起一个有关曹禺的鲜为人知的故事。一九八〇年夏，曹老叫北京市文联（那时，曹兼任北京市文联主席）的人告诉我，他某日某时要到我家去。我当时住在北京前三门一个总共二十二平方米的住房里，闻之深感不安。到了他指定的时间，他老来了，说是来看望"学习"。他说是再过几天七一，北京市委要召开一个座谈会，他该如何发言，希望我给"讲讲"。我颇意外，便胡乱谈了谈要强调三中全会精神呀之类的。我当然也借此机会表达了我对于曹老的剧作的喜爱与佩服。我们回顾了五十年代我把一个剧本习作寄他，他接待了我一次并赏饭的情景。他说："我一直为你担心……"他还感慨地说："这几十年我都干了些什么呀！王蒙你知道吗？你知道问题在什么地方吗？从写完《蜕变》，我已经枯竭了！问题就在这里呀！我还能做些什么呢？"他的说法非常令我意外，我也为之十分震动。然而，我无法怀疑他的认真和诚恳，虽然平素他说话或有夸张失实的地方，也有喜欢当面给旁人戴高帽的地方。

　　关于曹禺解放后未有得力新作，一般认为是由于环境与政策所致，或者如吴祖光先生所说，是由于曹禺"太听话"了，对此我无异议。但是，我想提出一个问题，即除了上述公认的原因之外，是否还由于他的这种经典加通俗的范式使他难以为继呢？这一点，甚至曹禺本人也认识到了，所以他在《日出》的跋里说："写完《雷雨》，渐渐生出一种对于《雷雨》的厌倦。我很讨厌它的结构，我觉出有些太像戏了……过后我每读一遍《雷雨》便有点要作呕（！——王加的惊叹号）的感觉。"（《曹禺全集》第一卷387页，花山文艺出版社1996年7月版）艺术上到处是悖论：戏不像戏不行，太像戏也不行，因为人们期待于艺术的不仅是艺术本身，人们期待于艺术的是生活,·是宇宙的展示，是灵魂的自白与拷问，是人类的良心、智慧、痛苦和梦幻的大火……所谓纯粹的戏剧诗歌小说，往往是颇可观赏的精美的工艺品，而不是大气磅礴的浑如天成的震撼人心的巨著杰作。这里，《雷雨》是一个例外。因为《雷雨》给人的感觉可不只是一个精美的工艺品，它充满了痛苦、诅咒和恐怖——略略有一点廉价，却确实地激动人心。《雷雨》可说是通俗的经典与经典的通俗。例外虽然例外，它的太像戏的问题却瞒不过曹禺自己。曹禺二十三岁（1934 年，也是鄙人呱呱坠地的一年）就写出了戏得无以复加的，生命力至今不衰的，其地位至今无与伦比的，雅俗共赏的（也许实际是不能脱俗的）《雷雨》，幸耶非耶？他后来的剧作乃至生活，究竟有没有突破他自己感到的这个太像戏（经典加通俗）的问题呢？要知道早在一九三六年，曹禺已经为之作过呕了！

这也说明谁也赢不到、哪部作品也得不到即垄断不了百分之百的点数，甚至《雷雨》这样的红了六十多年至今超不过它的成功之作也不例外；因为自己没有得到满点就怨天尤人或者愤世嫉俗可能是一种过分的反应。

我对话剧相当外行，但曹禺过世后，我一直觉得应该为他写点什么，我爱他的剧作，但又实在不怎么理解他。例如他晚年的一次精彩就相当出人意料。我说的是一九九三年政协八届一次会议时，他扶病前来与中央领导会见，他发言建议将（当时的）文联和一些协会解散，而他本人就是文联主席。这堪称振聋发聩。呜呼，斯人已矣，何人知之？我的冒冒失失的妄言，有待方家教正。

难忘冯牧

冯牧去世了，这有点难以置信。因为他比起一些前辈来，并不算老。因为他确是常常生病，病了也就好了，好了，然后他又是热心地、滔滔不绝地谈着对于文学现状的看法，一半欣欣鼓舞，一半忧心忡忡，思绪连贯，层次分明，不停地接待来访者，接电话，接收邮件，忙忙碌碌，"日理千机"，好像没有病过，好像他住院时对于自己的病情的描述言过其实——都知道他胆子小。本来大家以为这次也与过去一样，病上一段，又会在一个什么研讨会上见到他，听到他的一以贯之的论述见解，看到他的孜孜不倦的身影。

冯牧有一种重要性，至少是在近十余年以来，他的意见受到文学界也受到各个方面的尊重。谁都不会忘记党的十一届三中全会前后，他为伤痕文学呐喊呼号，为思想解放运动而披荆斩棘的情景。长时期以来，他是中国作协的一个虽然从行政职务上并非最高，却是读作品最多，联系作家最广，关心文学事业的发展最热烈专注，陷入各种矛盾最多，被致敬与被骂差不多也是最多，对于文学事业的责任心最强，发表意见最多，或者可以从某种意义上说，他是最专职、最恪守岗位、最受罪，也最风光、最尽作家的朋友与领导责任、最容易兴奋，也最容易紧张的评论家、组织家、领导人。

他最令我感动的是他那样大量地阅读作品，他的那个阅读量也许会使常人发疯至少是病倒。他每天读各种新作到深夜。他把领导的职责、朋友的关注，以及与人为善的评论家的兴趣统一在自己身上。对比一下那种看看简报就把文艺界看成一塌糊涂，就连批带唬的文艺家，那种从概念到概念的拉大旗的捍卫者或戛入——批发者，我每每不能不产生一个疑问，一个基本上没有读过"时文"的人，他究竟是在怎么评价怎么导向研究怎么大话连篇又砍又杀又抢又夺呢？

我第一次见冯牧是一九六二年，那时随着形势的某种松动，随着"文艺八条""文艺十条"等的制定，空气似乎有一点松动，中国青年出版社考虑出版我的处女作《青春万岁》，又拿不准，于是出版社请冯牧帮助审稿。冯牧读完早已在一九五六年排出来的校样，找我面谈，于是我看到了这位一脸书卷气，异常忙碌，说起话来口齿很清晰，神态专注，完全没有官腔官调，也没有虚饰应付之词的评论家。他说他完全不明白那些认为这部书还需要做较大的修改的人所提的那些"问题"，他相当热情地肯定了这一部书稿。似乎就在这一次，冯牧与另一位来访的同志谈起了刚刚结束的"八届十中全会"，提到了毛主席关于"千万不要忘记阶级斗争"的警告，冯牧现出了忧心忡忡而又心存侥幸的心态，嘴里发出一种咝咝声音，表示紧张不安。此后许多年，遇有风吹草动，冯牧就会咝咝一番，咝咝咝完了他也还在勉为其难地支撑着，维持着，执行着，维护着，力争多保护一点文学的生机。

后来与冯牧见面就是好时候了。在八十年代，他为伤痕文学鸣锣开道的时候，我听到了他的那些雄辩的发言。他特别热情地帮助一些青年作家，而一些青年作家确实是常常把冯牧看作自己的靠山。他的家总是宾朋满座，熙熙攘攘，大家的话题只有一个，怎么避开各种干扰，怎么样为文学争取一个更大的艺术空间，更好的创作气氛，怎么样让作家得到更好的发挥。

对于文坛，一种人是蝇营狗苟，自己没有真才实学却又勤钻营，多活动，能捞就捞一把的人当然为大多数作家所不齿。另一种人则是我行我素，井水不犯河水，靠实力让你文坛追求我，有好处我不拒绝，有麻烦，没有我的事。这也不失明智乃至伟大。还有更伟大的，就是对于文坛，对于同行，基本上采取深恶痛绝的态度，张口就骂，众人皆浊我独清，这样做也是完全有根据有收益也有代价的，这样骂文友，既出了气又比骂任何旁人都更安全，对此，我也不持太多异议。但也有一种态度，我指的是冯牧，他一直对于文学充满了责任感，一直低着头浇花耕耘，挨着上下左右的骂，也享有上下左右的友谊与尊重，一直硬着头皮做他认为是有益于中国的文学事业的工作。即使在人人都有自认为正当的原因对于文坛绝望对于作协撂挑子的时候，还会有一个冯牧在那里窝着火，忍着气，支撑着，维持着。

冯牧怕"左"也或有顶一顶"左"。为了文学，冯牧确实是谈"左"色变，冯牧最头疼的是那些不读作品就批一通的同志。冯牧其实也怕右爷的目空一切、大话连篇，到处拉了稀屎却要让冯牧等去擦屁股处理善后。读到那些句句话如匕首投枪刺刀见红的右爷狂爷，冯牧也是只剩下了啞啞啞的份儿。只有一次，当站着说话不腰疼的朋友指手画脚地要求冯牧像他们一样地风凉着骂人的时候，冯牧与我咕哝过："真正到了时候，还不是得靠我们，靠荒煤我们去说去争取……"大意如此，底下就尽在不言中了。

上边有人对冯牧有意见，觉得他不够铁腕，就是说还是一手软了吧。作家有人对冯牧有意见，觉得他太胆小，太委曲求全了。新生代们也对冯牧其实不大买账，觉得他的文风啊名词都已落伍了。但同时，所有的这些对他或有某种不满意的人又都承认，他真是个好人呀！

也许在他走了以后，人们才会痛感到他的不可或缺。从领导方面来说，上哪里再找一个这样顾全大局，循规蹈矩，敬业勤"政"而又切切实实地联系着广大作家的文艺组织工作者去？从作家们来说，上哪里再找一个这样的良师益友去？就是那些大话吹破天的爷儿们，冯牧同志走了以后，谁还替他们兜着顶着应付着？站着说话不腰疼的主儿啊，冯牧去了，你们以后还有没有站着说话专骂旁人的福气呢？你们保重了。

而今后三十年五十年的文学事业的一切成就和光荣，一切痛苦和艰辛当中，你都会发现冯牧的心血，冯牧对于革命的文学的一往情深，冯牧的奔走与呼号，冯牧的带病操劳，冯牧的忍辱负重，冯牧的哑哑与微笑。冯牧活在中国的当代文学里。我们不会忘记冯牧。

别荒煤

说是这几年老天爷收作家。短短的一年，冯牧走了，艾青走了，端木蕻良走了，汪静之走了，这不，荒煤又走了。

八月底，我到医院去看望荒煤老，他已经相当衰弱，还是让人把床折叠成四十五度角，坐起身，然后为戴助听器又忙活了一阵，开始用低沉的声音与我说话。他说："关于电影，上次×××同志来看我，我就对他说，几十年的经验，搞电影最怕的是一窝蜂，提倡上什么就都上什么……"

我只能说："您多休息，您多休息……"他已经身患绝症，他自己还不知道——我怀疑他不可能一直不知道，但是既然别人瞒着他，他也就不说破——他挂念的仍然是文学、文艺、文化事业。

他的女儿不太满意，嚷说："还说这些呢，烦人不烦人呀，地球离了你就不转了吗？"她说话的声音很大，不怕荒煤听见。当然，亲人自有亲人的语言和情绪，女儿是心疼父亲，病成那个样儿了，还是文学文学，作家作家……

我也觉得荒煤未免太爱谈工作了。据说十月份他昏迷后又苏醒，刚一认人又谈上工作了。您就不知道歇息歇息么？您就不知道您早已退居二线，现在又身患重症了么？

　　可是我又想，不说这些又说什么呢？你让他谈最近的股票行情？谈吃食？谈天气？谈养生之道？谈饮酒的新顺口溜？谈哪里抢了银行，哪里争风毁容？还是谈商场商品，意大利皮夹克、18K金手链、青岛海尔热水器和火得不得了的餐饮业的"烧鹅仔"？不可能，荒煤老他见了我不可能谈这些。他一辈子只知道谈文学、文艺、文化，只知道探讨总结党对文艺事业领导的经验教训。

　　我想起了十五年前，当时正在讨论一部电影的问题，在一个层次很高的学习会上荒煤发言：他老老实实地承认"我就是心有余悸"，然后他替中青年作家说了许多话，一直说到稿费与所得税，力图证明现在的中青年作家并没有过几天好日子……他的发言给我留下了深刻的印象。我感到了他的天真和迂直，因为他的话不合乎时宜。

　　然后我又想到七十年代末期，他在社科院文学所时热情洋溢地召开的为新时期文学呐喊的一些座谈会。我那时刚刚从新疆回来，许多当时的与后来的文学界的活跃人物都不认识，倒是在他老召开的会上认识了不少人，也开了眼界。我并不绝对地同意他说的每一句话。但我知道他是自觉地为文学界的新人新事物鸣锣开道的。他认准了什么就去干就去说，几乎不设什么防。

　　我也想起我在文化部工作期间，他写来的密密麻麻的小字信，通篇都是为了文化工作的管理更加有效，文化市场的方向得到正确引导，文艺思潮上的一些偏向能够得到纠正……总之都是忧国忧民、忧文忧艺的，都是强调正确方向、马列主义的指导的，都是坚持党的文艺方针的。我想起他怎样热情地编辑《周总理与艺术家们》一书来了，可以说，没有荒煤是不会有这本书的。

病重以后，他也还常常写这种密密麻麻的小字信。例如，他就给袁鹰同志和我写过"表扬"我们主编的《忆夏公》一书的信。

荒煤重感情，热心肠，常为受到谁的托付而给这里那里写信。他也写过一些其实不必他出面或由他出面并不合适的信，即他帮了不该帮的人。他的助人为乐有时候为他自己找了啰唆。但他还是写了，差不多是有求必应。他脸皮薄，不好意思拒绝人，包括绝对应该拒绝的人。这也不像多年"仕途"的人——年轻人把担任领导工作的人说成是走上了仕途，这也是荒煤等人始料未及的吧。

第一次见荒煤当然是老早老早以前，那是一九五六年开第一次全国青年创作积极分子会议——为了防止与会者骄傲自大，不叫青年作家会议——荒煤那时在文化部电影局工作，他在大会上讲话，号召青年创作积极分子多写电影剧本。他高高的个子，儒雅俊秀，一表人才。

时间不宽容任何人。等到他去世后一个多小时我在北京医院的病房见到了他的遗体，他也是安详的，然而，已经老、病得不成样子了。

我从来不会写挽联，但还是应约为荒煤写了一联：

一腔挚爱牛俯首，
满腹沧桑马识途。

他是孺子之牛，他是党和人民的一匹老马。如果再加一个横批呢，我想应该是"善良荒煤"。在这种类型的人已经不太多的时候，在人们日益老练起来而又实惠起来的时候，荒煤去了，一个风度翩翩、和蔼可亲、随时准备向任何求助的人伸出手来的荒煤去了。今后，我们的文艺工作者将怎样面对和解决荒煤至终了也还在念念不忘的那些问题呢？谁能不为之欷歔落泪？

光年千古

　　光年去得非常突然。两个多月以前,朋友们自动为光年庆贺米寿(八十八岁),他还是好好的。几天前,他还计划去医院治一下白内障,他信心十足地说他一定可以活上百岁。可是元月二十五日晚上他突感不适,住进医院,身体各部分全面衰竭,到了二十八日,就去世了。

　　《黄河大合唱》歌词的这位作者,生时如黄河奔流,波涛汹涌,九曲连环;死时如雪山崩颓,烟飘云散,一了百了。好一个诗人光未然,好一个革命者、评论家、老领导、老师长和老朋友张光年同志,你活得充实,走得利落!

　　他是一个号角,他的保卫家乡、保卫黄河、保卫全中国的号召至今激扬在中国大地上,令人热血沸腾。他是一个尖兵,多年来战斗在政治斗争、意识形态斗争、文艺斗争与改革开放的最前线,并为此付出了巨大的代价。我还记得他说过的一句话,他说:"活一辈子连一个人都没有得罪过,岂不太窝囊了!"说话的时候他的两眼放光,他的一生确是战斗的一生。他是一个革命者、政治家,从来是大处着眼,大处落墨，充满了历史使命感与政治责任感。他不仅考虑和热衷于文学事业的发展，更着眼于整个国家整个党的事业，盼望文运随国运齐兴，盼望文艺事业随党的整个事业俱进，盼望作家的创作空间与中华民族的精神空间都能得到开拓，更希望文艺的生产力、民族的精神与人民的积极性都能够得到进一步的解放。我至今记得他在中顾委会议上听到小平同志讲话后的欣慰心情。小平同志说，闭关锁国的结果只能是贫穷落后、愚昧无知。光年听了，五内俱热，给我讲的时候，他的眼泪都快出来了。他告诉我，在一九九七年香港回归以后，他与巴金老中秋之夜乘船共游杭州西湖，巴老欣慰地对他说，中国人总算能直起点腰来了。对于国家的发展进步，这两位老人，由衷地表达了自己的喜悦之情。

　　他多年担任《文艺报》《人民文学》与中国作协的主要领导职务。他曾经是大家的主心骨，因为他对各项事务有自己的稳定的看法，有原则，有尊严，有严肃性，绝不是迎风摇摆投机取巧之徒。尤其是在二十世纪八十年代的头几年，那还是改革开放摸着石头过河的初期，一方面是空前的百废俱兴的新局面，一方面是各种思潮各种憧憬各种理解的交融与冲撞。一脚深，一脚浅，一会儿弄湿了鞋袜，一会儿半个身子跌到了水里。敏感的作家的敏感题材的作品常常成为争议的话题，成为各种思潮乃至力量的演习舞台、磨刀石与箭靶。那时作协还没有办公场所，重要会议都是在新侨饭店开。只要回想一下这些会议上伤痕文学、反思文学、拨乱反正、光明面阴暗面、错误倾向与班子的软懒散的提法，便可以想见工作的难度与歧见的难以避免。我至今不会忘记在许多次会议上，光年对改革开放的热情呼唤，对新时期文学的布满荆棘和陷阱的道路的辛勤开辟与清扫，对过分极端的观点和言过其实终无大用的空论谬论的苦口婆心的劝诫。为了平抑自己的激动，他有时边说话边踱着步子，他的手势使我想起了诗歌朗诵。他对

"文革"的经验教训是太铭心刻骨了，对于"左"的曲折是太警惕太痛心了，他不愿意采取更强硬的办法对付成事不足败事有余的偏激言行，反过来他还要为这一类的妄言狂举而承担责任、承受责难，个中甘苦，难以表述。求仁得仁，光年对此也从无怨言。当然，我相信他也会有自己的总结与反思。

退下来以后，十几年来他整理自己一生的经历和创作，与其说是对身上的伤痛与华彩的抚摸，不如说是对后人的叮嘱，他只是希望后人比自己这一代更成熟些更聪明些，希望有些代价不必反复付出罢了。他早在"文革"前已经开始，退下来后又继续完成的骈体韵文《文心雕龙》的现代汉语翻译工作，令人钦佩，令人赞美，也显示了他的不凡的学养和诗心。退下来后我们多少次在他的寓所交谈，喝着他亲手为我泡的绿茶，听着他娓娓道来，我觉得他多了一些静气，多了一些沧桑感，多了一些淡泊的笑容。与他的接触让人感受到一种成熟的稳定与从容的美，也帮助你克服一点心浮与气躁。他的客厅里挂着一幅字，曰"勤奋延年"，说得真好。

光年是许多不同的年龄段的作家的朋友，他始终不知疲倦地阅读各种新作，看完了，好处说好，不好处说不好，从不迎合。对我的作品他也有尖锐的批评。我们的某些艺术趣味不尽一致，他并不讳言。虽然由于大量地从事文艺方面的领导与行政工作使他未能以更多的时间从事艺术创作，然而他的文人本色并没有湮没。我至今记得有一次讨论小说评奖时我们的争论，有一篇描写一个受气的小媳妇的小说受到光年的欣赏，而我不怎么喜欢它。我说鲁迅对这种人物定是哀其不幸，怒其不争的，而我们接触到的这篇作品却是赏其不幸，美其不争的。此言一出，光年沉思良久，旋即表示接受了我的意见。

在哀悼他的此刻，我想起了林默涵同志对陈荒煤同志说的一段话。他说："我跟荒煤同志之间，对某些问题也有不同的看法和意见，但我们都是当面说……我认为在建设社会主义进而实现共产主义这个根本目标上，我们是完全一致的。"我相信包括那些对光年的观点和工作持某种保留态度的人，也会以这种心情来痛惜硕果仅存的老一辈革命作家张光年的逝世。我们大家都会同意，光年是个沉甸甸的人，不是轻薄为文者；光年是个志存高远胸有大局的人，不是个患得患失的低级趣味者；光年是个充满责任感使命感的大气的人，不是一个小气小头小脸的钻营者。光年生活在中华民族大革命大翻身大开拓大解放的时代，他是这个时代的见证、这个时代的歌者、这个时代的清道夫与建筑工，他是这个大时代的代表人物之一，他为这个时代付出了自己的一切。前人种树，后人歇凉，各种鼓噪与泡沫之后，后人总会成熟起来，后人总会懂得珍惜光年等老一代作家的辛苦奉献和卓越成果。他的去世必然引发人们的深深的悲伤，但是他的形象与境界将长存在我们的心里。

2002 年 2 月

第三辑　混沌的心灵场

混沌的心灵场

——谈李商隐《无题》诗的结构

一般的诗的结构大致也如语言结构，主、谓、宾、补、定、状之属可以区分，诗的大意可以用一句——或繁或简的——话来表达。"白日依山尽，黄河入海流"，状语从句是也。"欲穷千里目"，条件从句也。"更上一层楼"，虚拟态动词做谓语也。主语略，大致应判定为第一人称，单数复数，均解释得通。

语言结构的另一面其实就是逻辑结构。如一种是递进结构：李白的《静夜思》就是从天上的明月写到地上，再写到自己的动作——举头，再写到自己的心思——思故乡。层次分明，由远及近，由浅入深。孟浩然的"春眠不觉晓"也是递进的，泛起若漫，点题在最后，叫作"抖包袱"结构也许更贴切。它们使我想起相声与欧·亨利的小说。"打起黄莺儿，莫教枝上啼。啼时惊妾梦，不得到辽西"亦属此类。

"花非花，雾非雾，夜半来，天明去。来如春梦不多时，去似朝云无觅处。"白居易的诗写得够朦胧的了,结构却非常平实有序。先说形状——无一定的形状,所以非花非雾。再说活动规律,夜来朝去,昼伏夜出。最后写的是感觉,是意象。如这似那,感觉也,不知是新感觉派还是老感觉派。春梦朝云,意象也,有此意象统领,花呀雾呀夜半呀天明呀也就都意象起来了。这首诗的朦胧美,就是由一群意象编织起来的。

杜甫的诗是公认层次比较繁复、信息量比较大的。以著名的《喜达行在所三首(其二)》来说,"愁思胡笳夕,凄凉汉苑春",一胡一汉,从正反两面说了自己日前的同一遭遇。"生还今日事,间道暂时人",依照时间的大顺序,又小小地回溯了一下,写了昨日的危险与刚刚获得"生还"的侥幸庆幸心情。"司隶章初睹,南阳气已新",用刘秀的典故概括身经的历史事变与自己的兴奋与期望。最后呢,"喜心翻倒极,鸣咽泪沾巾",合乎逻辑地却又是辩证地喜极而泣起来。从过往到今朝,从险到夷,从经验到心绪,从庆幸到哭泣,其结构极"顺"极自然,完全符合语法逻辑空间时间的自然顺序,一点也不艰深复奥。我们之所以不用"行云流水""明白如话"之类的形容李白某些诗作的词句形容杜诗,不是因为他的结构有什么麻烦,而主要是由于他写的内容深重艰难,抒情翻过来调过去,遣字力透纸背,与李白的"飞流直下三千尺"大不相同。

李贺的诗艰深奇诡,想象怪诞,修辞险峻丽,是比较不那么好接受的,但是他的诗的结构也井然有序。以著名的《金铜仙人辞汉歌》为例,前四句是:"茂陵刘郎秋风客,夜闻马嘶晓无迹。画兰桂树悬秋香,三十六宫土花碧。"这都是写汉武帝的,先是主语,然后是曲折地写其已成为历史陈迹。"画兰桂树"则是已经成为陈迹的汉宫景象。来去匆匆的过客,我们常常用这话来讽刺那些煊赫一时而又没有"根"的二等政治家,其实,从生命短促历史沧桑的角度来看,谁又不是来去匆匆的过客呢?

中间四句:"魏官牵车指千里,东关酸风射眸子。空将汉月出宫门,忆君清泪如铅水。"想象与语言之奇绝均臻极致,几如天书。字面上的困难解除以后,便知这四句写铜人情状,也很合乎叙述表达的常理常序。魏官把金铜仙人拉了出来,感受到了东关酸风,眸子为之酸痛,四顾茫茫,唯见一轮明月还如汉时,追随着自己。此情此景能不落泪如铅水乎?经历、光景、情绪,三者的排列一如风格题材完全不同的杜诗。

最后四句:"衰兰送客成阳道,天若有情天亦老。携盘独出月荒凉,渭城已远波声小。"李贺体贴入微地写铜人离去后的途中感受。"天若"句是主观感受的高度概括,苍凉遒劲,实已由想象的金人辞汉事生发了开去。此句如杜诗之概括喜极而泣然,都是从一事而及彼,举一隅而三隅反。然后回到铜仙人的征程上来,最后两句是一个电影蒙太奇。余音袅袅,怅望无穷,正宜结在此处。

也可以换一个表达方式。这些诗正如绝大多数其他体裁的文学作品一样,其结构可以称为主线结构,就是说你可以从中找出一条主要的线索,或叙事而有先后,或抒情而分浅深,或状物而言形质,或比兴而因物事再及意旨……都是有迹可循、有线可依、有序可排列的。

那么有没有结构扑朔迷离,无线无迹无序,令人捉摸不透的诗呢?有。其最精彩的范本就是李商隐的《无题》诗与准无题诗。

此类诗的一大特点是既朗朗上口又艰深费解,既广泛流传又聚讼纷纭,既令人爱不释手又总是叫人觉得抓不住摸不着。"飒飒东风细雨来""春蚕到死丝方尽""尽日灵风不满旗""碧文圆顶夜深缝""梦为远别啼难唤""昨夜星辰昨夜风"等等,从字面上看是相当明白晓畅的,而且文字本身已经很有审美价值,所以它们很易被接受;与李贺的怪诞或韩愈的某些诗的拗口完全不同，诗里用了一些典事，今人看起来麻烦一点，但典事总是可以说得清楚的，清楚了就是清楚了，难点显然也不在这里。

难点是在意旨的理解上。意旨理解的难处又在神龙见首不见尾的虚拟与前言不搭后语的语序特别是"联序"上。

为什么那样虚拟那样含糊呢？除了有所不便的环境原因之外，主要是诗人这里写的不是一时一地一人一事而是自己的整个心境，或是虽有一时一地一人一事的触动，着力处仍在于去写深藏的内心，这正是此类诗隐秘丰邃不同凡响之处。义山诗是提纯了的：把一切用散文用议论用解注能表达的非纯诗的东西全部洗濯干净了，此得宋人杨万里"诗须去意方可"说之精髓者也。

为什么前言不搭后语呢？除了风格形式美的需要以外，就在于作者构建的是自己的独特的心灵风景，而心灵风景不受空间时间形式逻辑的束缚。心灵是说不出道不来的，说出来的可能只是一小部分，而更多的东西全靠你在字里行间反复体味。

以"来是空言去绝踪"为例，这第一句如前引白居易诗，非花非雾。道可道，非常道；名可名，非常名；诗可诗，非常诗；情可情，非常情。第二句"月斜楼上五更钟"可就让人傻了眼了，怎么时间又是这么具体，诗语又是这么大白话起来了呢？"梦为远别啼难唤"，一种朦胧而又雅致的忧伤情境表现出来了。"书被催成墨未浓"，这一句笔力不如上联，似是先有了上句，后冥思苦想搜索出来的，但此联两句同一种色调，尚属易解。"蜡照半笼金翡翠，麝薰微度绣芙蓉"，象征比喻些什么只有天知道了，这一联的诗语诗境意象与来去、五更、钟、月、梦、书、墨……有什么关联也能说。最后是"刘郎已恨蓬山远，更隔蓬山一万重"，混混沌沌，若即若离。

当我们苦于抓不住此诗的结构顺序的时候，我们不妨换一个方法

排列排列:把相对比较平易的首二句与最后二句连起来,就是说弃"骈"而取"古",弃"腰"而取首尾,请看:

来是空言去绝踪,月斜楼上五更钟。
刘郎已恨蓬山远,更隔蓬山一万重。

好懂多了,是写别情的。于是梦也好书也好啼也好墨也好都解开了。

这种"但取首尾法"对于义山的一些其他难解的诗亦为有效,如著名的《锦瑟》:"锦瑟无端五十弦,一弦一柱思华年。此情可待成追忆,只是当时已惘然。"这么读,何难解之有哉?写的是思华年的惘然之情,难道还有什么疑问么?首句起兴,二句直奔主题,尾联则是思华年引发之情绪,没有什么麻烦。

"飒飒东风细雨来,芙蓉塘外有轻雷。春心莫共花争发,一寸相思一寸灰。""相见时难别亦难,东风无力百花残。蓬山此去无多路,青鸟殷勤为探看。""重帷深下莫愁堂,卧后清宵细细长。直道相思了无益,未妨惆怅是清狂。"这么一删繁就简,开放首尾"直通车",所写为何,全诗大意似乎明白了许多。

可简约性,可直通性,是这一类诗的第一个特点。

且慢,我们读一首诗毕竟与读一篇例如告示不同,从一首诗里,我们希望得到的可不仅是大意,这就像是听音乐的目的不仅是辨别声音出自什么乐器或是声音是在模拟什么,观赏一幅画的时候也不是意在弄清画的是鱼虾还是虫鸟一样。艺术欣赏的要义是一种心神的共鸣与愉悦,是一种会心的温暖,仅仅有大意是得不到艺术的。

何况义山有的诗则不仅颔颈二联而是通篇捋不出线索来。如:

凤尾香罗薄几重，碧文圆顶夜深缝。

扇裁月魄羞难掩，车走雷声语未通。

曾是寂寥金烬暗，断无消息石榴红。

斑骓只系垂杨岸，何处西南待好风。

是的，义山某些律诗，它们或全篇或颔颈二联，句与句之间，联与联之间，留下了太多的空白。《锦瑟》中"庄生""望帝""沧海""蓝田"四句，《重过圣女祠》中"一春梦雨"一联与"萼绿华来"一联之间，"昨夜星辰昨夜风"中前三联之间，《春雨》中"怅望""白门""红楼""珠箔""远路""残宵""玉"诸句间，都留有极大的空白与跳跃，这也是他的这些诗耐人咀嚼的一个重要原因吧。

跳跃与空白，生出的是别诗没有的一种独特的张力。这种特点尤其表现在他的律诗的颔颈二联中，显然，律诗的中腰部分，正是义山最下功夫经营的部分，是他的诗的主体。相对来说，义山这一类诗具有淡入淡出的特点，它们的首尾相对比较平和，这样就更加突出了颔颈的奇峰。

跳跃、空白、首尾的相对平和与中段的异峰突起，是这一类诗结构上的第二特点。

义山的这一类诗的结构的第三个特点是它们的弹性，可更替性，可重组性。此点甚奇，值得体味。盖只要音韵方面没有大困难，几首诗的几联是可以重组的，说得时髦一点，是可以解构然后重建的。例如我们可以重建一首这样的诗：

来是空言去绝踪，月斜楼上五更钟。

身无彩凤双飞翼，心有灵犀一点通。

蜡照半笼金翡翠，麝薰微度绣芙蓉。

碧文圆顶夜深缝，凤尾香罗薄几重？

或是：

锦瑟无端五十弦，东风无力百花残。

春蚕到死丝方尽，蜡炬成灰泪始干。

沧海月明珠有泪，蓝田日暖玉生烟。

蓬山此去无多路，只是当时已惘然。

我还曾经把《锦瑟》全篇五十六个字打乱重建变成：

锦瑟蝴蝶已惘然，无端珠玉成华弦。

庄生追忆春心泪，望帝迷托晓梦烟。

日有一弦生一柱，当时沧海五十年。

月明可待蓝田暖，只是此情思杜鹃。

略为牵强，但仍然可读，而且情调不变。

我还曾将《锦瑟》五十六字拆解重组为长短句：

杜鹃、明月、蝴蝶，成无端惘然追忆。日暖蓝田晓梦，春心
迷，沧海生烟玉。托此情，思锦瑟，可待庄生望帝。当时一弦一
柱，五十弦，只是有珠泪，华年已。

虽说这样做是野狐禅，是走火入魔，但仍然令人惊叹。绝了！

从这些特点——可简约性、跳跃性、可重组性、非线性之中，我们

又如何分析每一首诗的结构，特别是每一首诗的内聚力、凝集力呢？

很显然，它们首先靠的是情感的统一性。你找不着叙事的线，空间的线，时间的线，逻辑的线，特别是找不到或较难分明表意的顺序，却很容易找到那同一种情绪，甚至，可以说这一类诗情绪也大致是统一的：惘然，无奈，寥落，凄凉，漂泊……主宰着它们。

其次，它们靠的是意象与典事的统一性。蝴蝶、翡翠、麝香、金蟾、玉虎、玉烟、珠泪、春蚕、蜡炬、蓬山、青鸟、东风、细雨、彩凤、灵犀、芙蓉、云鬓、庄生、望帝、贾氏、宓妃……包括惘然、追忆、相思、无益、微度、寂寥……这些比较虚的词，都有一种忧伤而又朦胧，雅致而又无奈，艳丽而又梦幻的特点。他的这些诗里是不会有诸如惊雷、狂飙、长啸、痛饮一类词的。故这种统一性也可以说是词汇的统一性。

第三是形式的统一性。形式的统一性是我国诗的一大特点。所以我国早就有集句的传统，比西方现代派的"扑克牌小说"早了一千多年。如果没有形式上的相对比较严格的统一标准，句是集不成的。而李义山的律诗在形式上是很讲究的，即使留下了许多空白，跳跃性很强的诗篇也很完整好读，甚至解构重建以后，仍然十分严整上口。形式问题不能不说也很有作用。

好吧，情绪上统一起来了，意象上语言上统一起来了，形式上更是严整起来了。这些诗又究竟写了些什么，这些诗又是怎么结构为一个整体的呢？

诗家颇有注意到李诗的结构的与众不同。例如《夜雨寄北》的结构就极有致，何焯称之为"水精如意玉连环"，张采田称之为"潜气内转"，黄世中称之为"往复回环"等。

这些说法之中，"潜气内转"说颇有概括意义。盖"往复回环"云云特指《夜雨寄北》，而潜气说则通用于李的一大批诗。潜气的意思是李诗有这么一部分是写一股沉潜之气的。什么气？不平之气，嗟叹之气，怅惘之气，期盼之气。说到底无非是一种情结或用香港的说法叫作"情意结"，一种得不到宣泄得不到呼应得不到报偿而又充溢饱满浓郁深厚的"力比多"，又不仅是弗洛伊德的力比多；是故潜气者潜意识也，亦可以是中国文人所称之"块垒"也。潜气不是浮气，浮气多半是针对一时一事身外之物的，此一时一事改变了，浮气也就没了。潜气则不同，长期积累，未必自觉，若有若无，难分难解。这当真是一种"心病"，这又积累着巨大的心理能量，要求着释放与喷发。如果这种心病块垒，压迫在一个天才诗人身上，它就成为了诗人的天才诗篇的无尽源泉了。至于这种力比多或情意结或以中国特色的说法叫作胸中块垒的形成，自然是种种因素而不是一种原因，长期积压而不是一时刺激所造成的。对此，文学史家考证研究的成果甚丰，爱情与事业的不称意，这男人一生的最大两件事都够李商隐压抑一辈子的。这不需我的学舌与多言。

内转说则更有趣味了。当代文学是否存在"向内转"的趋势，这是文学评论家鲁枢元提出的一个受到重视也引起争议的命题。转入内心，则是古今中外一大批作家特别是诗人的实际，特别是一些在"外务"中屡受挫折的文人，作为一种补偿，一种"移情"，转入内心，转入一种类似自恋自怨自嚼自味只是无以自解的沉迷状态者，比比皆是。从经世致用的观点看，这种向内转的作品殊无可取，向内转的文人殊无可用。这种轻视内转的传统在我国可谓源远流长，于建国后而尤烈。故而李商隐诗长期以来得不到应有评价而一千多年后的鲁枢元的命题也屡遭非议。问题是诗的价值并非一元，经世致用恰恰不是诗功能的强项，以诗治国或诗人治国本身就是幻想，大可不必这样去衡量诗与诗人。而"向内转"的作品由于探幽察微，开出诗中奇葩，更有别类无法替代的抚慰共鸣润泽导引的奇异效应。

毕竟是今日了，我们完全可以更好地研究一下这一类心灵诗。

　　外务及身外之物是比较明晰的，空间时间，轻重缓急，吉凶祸福，成败利钝，是非得失，用藏浮沉及因之产生的种种喜怒哀乐，都是可以说明与明说的。这些诗可能碰到道德政治文化环境方面的表述困难，却不是语言困难。所以那些面向外务外物包括因外而及内的诗（如本文所引杜诗），结构都较为有序有规律。而内心的世界、长期的情意之结，特别是敏感多情雅致而又软弱的诗人李商隐的情意之结，迷迷茫茫，混混沌沌，如花如雾，似喜似悲，若有若无，亦近亦远，且空且实，恐怕他自己也说不清楚——依弗氏学说，说得太清楚就没有这块垒潜气，心病也就痊愈了，也就没有这一批诗了。盖它们不但会碰到经世致用文以载道主张者的贬斥，而且首先遇到的是语言上的困难——你找不到可以表述内宇宙的精当语言。一般的交际语言在用来表现内心世界的时候常常是千篇一律、挂一漏万、买椟还珠、因言害意。这样，潜气内转的诗人就必须另辟蹊径，另寻非同寻常的语言与结构。这就是古今一批诗人的内向之作读来前言不搭后语、朦胧费解的缘故。

　　其实，李商隐的这一类诗，称为"混沌诗"要比朦胧诗贴切得多。朦胧是表面，而混沌是整体是立体也。人的内心，被称为内宇宙的，确实是扑朔迷离，无边无际，无端无底，只有"混沌"二字才好概括。

　　混沌是抓不住的，动不动企图为混沌做出明晰的考证，便如给一个深度精神病人做出简单的器质性病变判断，然后头痛医头、脚痛医脚地做皮肤科或外科手术，也恰如《庄子》里的混沌故事，为混沌凿出了七窍，也就把混沌杀死了。

　　但是诗又是给人看的，至少这些诗给人看了并且被人们接受而且流传下来了。诗人自己的内心痛苦要凭借语言来抒发。知其不可而为之，诗必须为混沌找出相对应的语言来。义山的这一类诗，堪称是此种不可为之为，不可言之言的范本。这语言里可以有相对明白的直抒胸臆，如说是"惘然"是"追忆"是"相思"是"惆怅"是"清狂"是"寂寥"等等。这些情绪是朦胧的，语言却是明白的。这些可称是明白的混沌。但是，仅凭直抒胸臆对于一个诗人或是一首诗来说又是远远不够的。诗的特点诗的迷人之处诗的动人之处要求诗人能够为混沌朦胧的情意寻找出投射出对应的相对直观得多的形象意象以及典事来。就是说还要搞出混沌的明白来。

于是诗人从心灵出发，以内转的潜气为依托为根据，精心搜索编织，铺陈营造，探寻寄寓，建成了他特有的城池叠嶂、路径曲幽、陈设缛丽、堂奥深遥的诗的宫殿、诗的风景。

这一类诗的结构，可称为"心灵场"。心灵是能量的源泉，意象与典事是心灵能量的对象、载体与外观。心灵的能量受到外界即身外之物的影响，宠辱祸福，人们是无法全不计较的。但人的心灵能量又不完全是外界的投影，它还包含着人类固有的与生俱来的欲望与烦恼、快乐与恐惧。而且这种能量是长期积累乃至无意识积淀的结果，常常是自己也不自觉，自己也掌握不住。说它是一个场，是由于场的本质是一种能量，而能量在没有遇到接受能量的物质对象的时候是看不见也摸不着的，例如电磁能，谁能看得见呢？但是如果有铁屑，一切便排列起来了，图案化了，图形化了，从而清晰可见了——有了它自己的风景。同时众铁屑毕竟不是一个整体，它没有固定的形状，不具备不可入性。正如这一类诗，道是无形却有形，道是有结构又似无结构，非此非彼，亦此亦彼，它们的风景具有极大的灵动性奥妙性。这里，心灵是能量的来源，而各种形象意象典事则是可见的铁屑，是风景的表层对象。

如前述，《锦瑟》诗意，有首尾二联已经大体表明了，但仅有意思是没有心灵的光辉、感应、力度与美感的。就是说首尾二联的能量太有限了，仅有首尾二联就像是一块还没有在线圈上通电的铁棒，还不能出现场"景"。乃有"庄生""望帝"联与"沧海""蓝田"联，借具象以表达抽象的心志情意，这在中国是一种极为普遍的美学传统与创作方法。画家们更喜欢这样做，画石画竹，泼墨山水，都宣泄着画家的志趣块垒。义山诗作比起画家们的寄托，就要繁复幽深得多了。

这种典事与意象同作者心灵的关系，一是贴切，二是距离，三是无（主）线无序又恍若有线有序，四是放射而又回归，五是纯粹。

贴切的意思是，诗人建构可以感知的人生场人生风景的时候，不是模拟外在的人生，而是源于内心的体验。庄子、望帝、蝴蝶、杜鹃、锦瑟、琴弦、沧海、明月、珠泪、玉烟直到翡翠、芙蓉、金蟾、玉虎、金烬、石榴……都是那样的李义山的内心化了的。与其说是义山接触到了这些事物典故才有了这样那样的感想，不如说是义山蓄积了太多的抑郁哀伤，生发出来了以上种种景象——叫作心生万象。这样才能传心传情，貌离神合，如有天助。这个天就是自己的内宇宙，戏用一个气功名词，就是自己的"小周天"或"大周天"。

距离的意思是：第一，任何人生风景与心灵场"景"都不可能完全重合，而是保持着距离，从第一个景到第二个景，这正是咀嚼与体味此类诗的妙处。第二，各个意象、风景、典事之间，保持着距离。这样才能言不言之意，抒不言之情，得意而忘言，得心灵而失风景的确定与确解。它们言有尽而意无穷，令人流连难舍，生发出别的类型的诗作不可能具有的欣赏兴味。

无线无序非矢量，是说一个风景你可以有多种进入和浏览欣赏的路径。你可以移步换形，回眸创意。夸张地说，李义山的这些诗几如"扑克牌小说"，表现的是活质，是重组的可能性，是创而造之的诱惑，倒背横插皆有无比的情致，乃能表现场的动态、场的能量。诗语虽然凝固在那里，诗情诗意却还在飘摇运转乃至奔腾冲突、结合分离。

距离与无线无序的特点有时又令人想起今世电影的蒙太奇手法来。沧海是阔大的、迷茫的、地上的，明月是清晰的、集中的、天上的，沧海与明月，这是第一个蒙太奇。然后是珠，一下子微观了许多，等于从一个远镜头变成了特写镜头，这是第二个蒙太奇了。而有泪，又一下子从无生命变成了有生命，从无情变成了有情，从"天地不仁"变成了万物有心有意。这三个蒙太奇只能令人叹为观止。几个蒙太奇过去，浩渺而又精微，洪荒而又雅驯，无极而生太极，太极而四象而八卦而万物。空荡荡之中凭空流露着无尽的绵绵情意。诗到了这里，便已经进入了终极，进入了绝对，进入了永恒了。

所说终极绝对也者主要是指一种审美的巅峰体验。心灵是看不见的，灵魂是看不见的，见到了诗人的灵魂我不能不感到震撼已极，我不能不匍匐于地。每每读到《锦瑟》的颈联便有一种战栗与服膺：如见上帝，如通大道，如明法理，便有大自在大恐怖大升腾大悲戚。

获得此种体验之时，便忘却了诗句，忘却了结构，忘却了典故，更忘却了有关李商隐的一切研究考据，乃知得意忘言是极大的欣赏喜悦，极高的欣赏境界，信然。

典事与形象，不可截然划分。"庄生""望帝"一联，既有特定的故事，又有自己的意象，可以整体整合，也可以解构飘摇，"孤胆英雄""各自为战"：晓梦是也，蝴蝶是也，春心是也，杜鹃是也。甚至有些名词也是这样，例如"蓝田"，语义是指陕西省蓝田县，这是没有多少疑义的。但是由于汉语的方块字的分合特点与对仗引起的态势暗示，这边是沧海，那边是蓝田，从审美上体贴，蓝田完全可以给读者以蓝色的田野的感觉。这里有一个汉语汉字的潜能问题，李诗恰如曹雪芹的《红楼梦》，算是把汉语汉字用活了用神了挖尽了潜力了。

放射与回归即潜气内转，说明场的中心诗的核心是那发出能量的源泉即诗人的心。有直接的回归，如黄世中先生所分析的《夜雨寄北》

式的往复循环，今日之巴山夜雨，在诗心中虚转为他日的回忆与谈话题目。有间接的回归，如一些无题诗首联与尾联之联结直通。同时每个意象每个典事，都既是人生的风景又是内心的回转。这里，景即是心，心即是景。这里的景心关系与一般写景文字的寓情于景见景生情的不同之处在于，后者是景实情虚，因景而情，而李诗是心灵为源为核心，派生投射为意象与典事，为特殊的风景。

　　纯粹也者是指义山在这类诗里基本上淘洗干净了"身外之物"，淘洗干净了语言与心灵之隔。你在这些诗的本文里很难找出"本事"，硬找出来也牵强片面，煞风景得厉害。当语言失去了表现本事的功能变得不可解了以后，反而焕发出来它的言外之意，反而表达了常规语言无法表达的内心世界。纯诗本来是无法写也无法读的，因为它排斥着常规语言。义山这一类诗的最大成就之一是他直观地捕捉住了掌握着了语言的最高层次——超语言。关于这方面的理论请参阅鲁枢元的专著《超越语言》。

　　心灵场结构与一般的线性结构之间的区分并不是绝对的。无线无序也者，不是漫无次序之义，而是指它的"序"的灵活性、可变易性与立体性。更准确一点说，这些诗应该说是无序中的有序，有序中的无序，无线索中的有线，有线索中的无线。例如《锦瑟》，强硬解来无大难处：首联，兴而思之；颔联，思而迷茫难托；颈联，因有而无，从无而有，荒漠中不无温暖，温暖中终于荒漠；尾联点明"追忆"与"惘然"。草蛇灰线，有迹可求，此诗绝非故弄玄虚的天书。但由于迹似有似无，求起来往往各执一词，借题发挥，难得原意，强加于诗人。不若明白其为心灵场结构而以心解之，拥混沌而拒凿窍，得潜气而弃小儿之所谓明白，不损诗情诗意诗美也。

　　现将《锦瑟》一诗的心灵场结构图示如下：

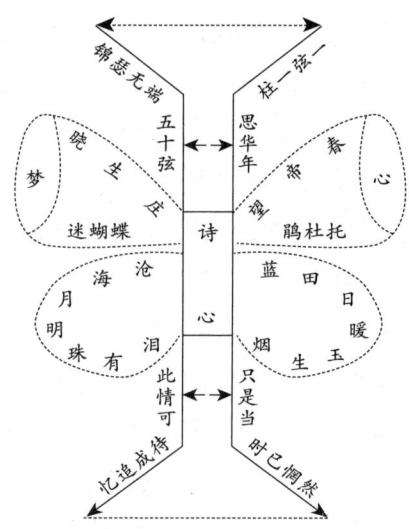

图中实线是意，箭头代表走向或出自心灵。直写心者靠近诗心。虚线是心理能量，亦分内外与远近，大体而已，不可较劲以求甚解。

这也算是解剖麻雀。扩而大之，不仅一首一篇，而是许多首诗构筑了李义山的完整的心灵场。它们是许多首不同的诗，却又是同一个寥落的李商隐的心灵场，既然是心灵场，既然不是记叙或议论的线性结构，这些诗之间就存在着更多得多的同一性、可交流性、可替代性、互补性、互证性，这也是义山诗与他人他诗大不相同的地方。

如果我们不是以线性思维语法思维逻辑思维的定势去与作者较劲，去与李义山的美极婉极深极的臻于绝对的诗歌较劲，而是以感觉体贴徜徉于义山的心灵风光之中，转此一念，去去皆活，应能如行山阴道上，美景应接不暇也。而到了彼时，种种分析，连同这篇旁门左道的文字与图形，对于义山的极生动极有味的诗篇来说，便都如佛头着粪，弃之如敝屣可也。我盼望着。

1995 年—1996 年 2 月

随感与退思

常常是这样，一个严肃的，有影响的思想者周围，会有一些个摇旗呐喊者或者吹毛求疵者，前者的危害甚至会比后者还大。后者把某个人置放于放大镜与聚光灯下，使某人成为注意力的焦点并经受一次次检验从而终会为世人所理解。而前者却把一个个有一定价值的思想变成哗众取宠的噱头，变成吹吹打打的广告，变成一拥而上的时髦，变成说不得半个不字的大哥大，最后使人变得昏昏胀胀，使有意义的思想变成乱乱哄哄的吵闹——大树特树的目的其实是树自己，还是毛主席有经验。

善意是永远不会过时的，就像恶意是任何人一眼都可以看得出来的。让我们比较一下与人为善的文风与与人为恶的文体，横扫一切的大言与探求真理的切磋琢磨，理性的分析与意气用事的人身攻击吧；究竟是哪一种更接近人文精神或者理想主义呢？

我认为，人文精神与其说是一种理论思潮，不如说是一种道德情操，这种道德情操定能够体现到一个人的一言一行之中而不只是一面高高飘扬的旗帜，更不是一根不准讨论的大棒。因此，以凶恶的文风宣扬人文精神，实在是对人文精神的亵渎。正像以气虎虎的姿态、狭隘小气的肚量和酸溜溜的语言来鼓吹崇高精神或是理想主义一样，反差之大令人叹息。

谈文学的文章总应该有一点文采，有一点审美的愉悦，总不能成为伴随谁谁揪出来的大字报，更不必因气恼而语无伦次。

道德理想主义与历史主义是两个不同的范畴，各自从不同的视角与侧重出发，也许会得出不同的结论。前者强调的是不论具体条件如何，人应该有一些绝对的律令和信念，人应该坚持自己认定应该坚持的东西；后者强调的则是现实的可能性与针对性，是社会进步才能创造认同并实现绝对律令的实际可能，是具体的条件。前者强调的是绝对的精神价值，后者强调的是相对的社会政治价值。前者可能流于信仰主义，后者可能流于实用主义。但是，这两者其实是不难互相了解或是互相补充的。真正的思想者从来都未必难于彼此理解，彼此不理解也并不令人伤心，因为棋逢对手、将遇良才，这是人间的幸事。真正的学理性思辨性的争论对思想者大有启迪，是思想者求之不得的事。至于思想者对心浮气躁的非思想者，不说什么也罢！

老子是深刻的，太深刻了就令人觉得冰冷，而且高明得迹近狐狸。于是老子很容易被认为是阴谋家。其实真正的阴谋家是只有术而没有道的。

孔子是太正确了。正确得好像脱离了肉体凡胎。所以孔子很容易被认为是巧伪人直到被认为是人性的刽子手。真正的思想家道德家都是寂寞的，即使被封成了万世师表也罢。

庄子非鱼而知鱼之乐。惠子不理解庄子之知鱼。这时远远出来一位什么子，说是庄子知鱼就证明庄子是鱼，是鱼就是虾，也就是臭鱼烂虾，也就是排斥大象与雄狮。打倒城头变幻鱼虾旗！庄子于是莞尔一笑。

作家的学术小品与评论也许会带有抒情散文的特点。他承载着主体对某个对象的反应，而这种反应当然有一定的时间地点条件，更是斑斑血泪史的产物，它有所舍弃，有所强调，有自己的鲜明的目的与倾向。与之相较，学者常常喜欢在真空条件或标准条件下研究对象，做出定量与定性的结论，做出语义学大辞典式的解释。前者也许不够严谨，后者又或有书呆子气。还是互相沟通的好。

听牛头不对马嘴的辩论还不如去听鸟鸣。但是，如果你想一想他为什么会牛头不对马嘴地叫了起来呢，也许你就会增加对人生与人性的理解，不但理解旁人的弱点，也审视自己的毛病。牛头不对马嘴的吹捧亦然。

在国际宽容年大反宽容，这正说明了人们多年来对宽容的呼吁并没有付诸东流。反宽容者很好地享受了、利用了初见成效的宽容气氛，而在宽容的气氛下首先会有种种浅思维、躁议论冒出来，这也是题中之意，是民主与多元的必要的代价。我早就说过，百家争鸣的结果常常是三十家胡说八道，五十家跟着起哄，十几家简单片面，然后有几家真知灼见——这就很不错了（也是小说家言，幸勿钻牛角尖）。出金率只可能是这样低，否则，连这几家真知灼见也得不到。毕竟，人们是在宽容与多元的氛围下更容易讨论问题与辨别价值，难道会是相反的么？

宽容比峻厉的嫉恨更易于受到攻击，提倡宽容的人往往自己日子过得并不平安。第一，宽容的提出就把自己放到一个高于众人的地位，它的自信与道德优越感易于引起缺少自信与优势的心高命薄者的反感（这一点笔者早在一九八八年的小说《十字架上》就写过）。第二，战争只需要一方发动，而媾和却需要双方的善意，这就是说宽容比峻厉易于受到破坏。第三，峻厉似乎比宽容更富有积极性进攻性，而宽容似乎处于守势；峻厉可以无所不为，而宽容只能有所不为。何况近百年来的战斗气氛，人们好勇斗狠、刺刀见红的劲头已经远远超过和平善良。第四，峻厉的侵略性比宽容的平静更有表演效果，峻厉好比是放大一百万倍的扬声器里的摇滚乐，敢字当头，冲锋陷阵；而宽容貌似胆怯，内心恐惧，像是绅士自己（常常被讥为唱小旦的）絮絮叨叨。大概还有第五，第六，第七……

然而提倡峻厉的嫉恨实在不会有好效果，我们这样提倡已经几十年上百年了，我们当可随时温习历史掌故。很自然，你对人家峻厉，人家也对你峻厉，提倡不宽容的人想着的是自己对对手绝不饶恕，然而他还没有就任审判官。不宽容从来都是互动的，你认定自己百分之百正确，人家也认定自己百分之百正确，于是你杀我砍谁也不宽容谁。这样下去，你把人家砍杀一光的可能性近于零，而你陷入无聊的恶斗的可能性近乎百分之百。恶性循环，万劫不复，令人何其痛心！当然世上有不能宽容对之的人和事，然而我们毕竟对人类充满了善意，不能因为有这种人和事就无例外地反对起宽容来。

峻厉的最极端的例子就是奥姆真理教。三联书店版《生活》画报已经发出了从化学制作方面警惕在我国出现沙林毒气的警报。那么从精神方面呢？一个出现过白莲教、义和团、红卫兵（以上三者各不相同，特别是对于前两者，笔者无意全盘否定，特此声明，免得再陷入横生枝节的论争）的国家，难道不应该有所警惕么？奥姆真理教才不认为自己是恶人呢。参加他们的邪教的平均年龄二十八岁，其中有许多理工科的尖子、硕士博士、知识界精英，他们并没有掌权，他们的倾向于火暴和峻烈的信仰，难道是偶然的与不值得认真对待的么？

乖戾之气认定秩序与规则只对于既得利益者有利。他们宁愿搞他个人仰马翻乃至玉石俱焚。杀呀，放火呀，烧呀……这就是他们的英雄梦。其实只有有了规则与秩序，才能提供给多数人以真正创造与建设更美好的生活的道路与阶梯。理想如果不承认生活，理想如果仇视生活，那么事情就可能变得相当麻烦乃至危险。而动不动大闹乃至施放毒气以消灭世俗的后果，留下的常常是一片荒芜。荒芜中挺立着几个伟人，这样的伟人难道就不该忏悔与惭愧么？

小说家不写小说而写起杂文来，也许是有点遗憾吧？对于小说家来说最大的讽刺莫过于他的千辛万苦写就的小说没有多少人认真读而他的一挥而就的报屁股文章却可以闹个天翻地覆。急功近利的读者太多了，急功近利的作者甚至也会一时欣赏陶醉起这种本来该当一恸的奇遇。悲哀中避免沉沦下去的最佳选择是埋头写小说，即使偶尔陷入无聊争论的泥潭也罢（我说的是现在的中国，不是说鲁迅，特此声明，免生枝节）。

也有人认为小说太绕得慌，不像杂文那么痛快地表达自己的思想观点。如果只看得见眼前的战斗，那倒也是。可惜文学的最大优势不在于特别能战斗，特别能战斗的还是传单、檄文乃至策论和告密信。但是小说追求文学，文学钟情小说，恰恰经过一定的凝结与建构，经过主体性的对象化与形象化，经过情绪欲望与世界与历史的一次又一次交通、重合与失之交臂，就是说经过一个文学世界的苦心经营，经过一个文学家的千辛万苦的"创世"，才有了小说。这个过程既是艺术的过程也是思想的过程，唯独不是急于战斗出气的过程。而这个时候的小说，不仅成就了艺术，也同样锤炼了思想，多撇去了一些浮沫，也多沉淀了一些真知灼见。

所以，我多次说过，正直的艺术是有免疫力的。缺乏免疫力的作家难以坚持久远。

我不知道你的幽默是不是太多了。在许多人一脑门子官司的条件下，一厢情愿的幽默是不是一种愚蠢呢？

说某某人是凡尔赛的部长可能是杂技家倒立看世界的结果，因为某某人的命运与那个什么长正好相反，改一改字序，封他一个赛尔凡的部长如何。

　　一个严肃的话题，一个由于记者问到才被动回答的对作家体制的看法，一个既有学理性也有社会实践性的话题，怎么会在一秒钟之内变成了对说话者的工资待遇的人身攻击了呢？是由刚性的理论还是由柔性的庸俗把问题引向这种无聊的中心点呢？引到了这里这个问题就不存在了吗？既然存在，为什么不能正视不能研讨呢？是由于实利的敏感还是由于某种潜意识里的人性弱点，才会有这样的条件反射呢？竟然不相信世上还有公心两个字？竟然不准讨论与私利有关的一个明显的属于体制改革的郑重的问题。

　　值得珍重的是率真、光明、我行我素的文人本色，不是选票。所以你宁愿与某些旁人可能认为不值得视为对象的人说话，混战一番也自有乐趣，俗话说不打不相识嘛。一个猛子扎到海里，与各路浪里白条、哪吒三太子戏水过招弄潮，然后爬上沙滩晒晒太阳——这才叫"世人不识余之乐，犹谓偷闲学少年"呢。这才叫青春万岁呢。而海仍然是海，并不因为它容忍了泥沙或是被倾倒了污水就变成了龙须沟。被反对毫不可惜，自由的讨论无伤大雅，上帝允许青年人火气十足，而水平会在讨论中慢慢提高。明白自己的实在处境，丢掉自慰与自我感觉良好的幻想，很好，你本来就有许多疏漏与自以为是的缺点，例如轻信与过分自信。

　　提高的首要是看一看人家的文章，弄懂了文章的意思再批评不迟。由于各种原因，有些文章写得不像幼儿读物那样简明浅显，但是总还是有人懂的，懂了也就行了，让我们保护文章写作的这种含蓄的风格吧，即使只从唯美的角度出发也罢。

　　去年你连连有长篇小说出手。于是为了休息，你才写了那么些议论文字。你接受了急于发言、到处发言的诱惑，你也听到了不少的喝彩。你活得太热闹啦！活该！

现在新的长篇小说破土动工了，你回到自己的园地去了。你这个人多么幸福！愿缪斯永远与你同在！愿和平与亲切的心绪永远与你同在！拜拜了，好斗的朋友们，请细水长流地搞文学，急什么？你们的状态，或如四十年前的笔者，唯独少了一些善意，多了一些浮躁。一个布尔什维克，经验要丰富，心要单纯，这是笔者四十年前的句子。这里不无幼稚，因为一味要求单纯和一味要求清洁一样，它不符合事物的从低向高的发展规律，不符合民主与多元的前景。作为审美心情与偏爱，保持清洁单纯也许是可爱的，有时候是可贵的。但是作为主张提出来，它不值得重视。至于写作与创作个性，那是另一回事。写作有时候就是靠天真、靠幻想、靠白日梦，乃至靠神经质与迷狂吃饭的，他们是伟大的不可企及的大家。只是不要背诵他们的语录，也不要把他们的言论视如不可违反的——例如交通规则。虽然世上也有现实感极强的作家，世事洞明、人情练达的大作家。不同类型的作家各有各的价值，谁也否不了谁。不要在类型不同的作家当中挑动是非吧，我的朋友。至于重建理想，则是笔者七年前最早提出来的。就带着单纯的心与丰富的经验、带着一种既执着又潇洒既幽默又无可无不可的心情投入新的作品去吧。调侃会有的，重建也会有的，面包与奶酪与旗帜与荆棘与永远的梦都会有的。愿上帝赐给你更加耐心的读者，谢谢读者！

1995 年 7 月

献疑四记

一

我上小学的时候，那是在日本占领下的北京，就在课堂上学了汉代许慎《说文解字》关于"六书"的论述。从此便牢牢记住了"日""月"是象形，"江""河"是形声，人言为"信"、止戈为"武"是会意，"上""下"是指事，"考""老"是转注，"今""令"是假代。我觉得转注与假代不太好懂，其他四种都清楚明白，六十年前学过，至今不忘。

这样，当我看到一位很好的中年作家在一份全国驰名的学人刊物上大谈中文是象形文字的时候不免大吃一惊。接下来又看到这位同行跑到外国去大谈中文是象形文字，我觉得有些难受。

我查了大美百科全书，此书对象形文字的解释是说指古埃及文。古埃及文那才叫真象形呢，一九八九年春我访问埃及时看到过，像小画似的。而我们的汉字，象形只是六种造字条例之一。

当人们研究输入汉字的电脑软件的时候倒是有一种说法，就是说汉字是拼形文字而其他许多文字是拼音文字。拼形云云，已经高度符号化逻辑化主体化了，不完全是描摹客体的象形。

汉字是人类的文化瑰宝，是中华文明的根基，愈是活着读着写着思考着和讨论着，就愈觉得中国人离不开汉字。从汉字的特点入手研究中国文学和文化的特殊性是有见地的，但是要真的去了解它，就不能信口一说。

二

"文革"后期最时髦的一个关键词就是"决裂"，这个词从马克思、恩格斯合著的《共产党宣言》上找到了根据，因为该《宣言》提出了"共产主义革命就是同传统的所有制关系实行最彻底的决裂；毫不奇怪，它在自己的发展进程中要同传统的观念实行最彻底的决裂"（见《共产党宣言》"无产者和共产党人"一章），简称"两个决裂"。一时间，决裂云云，响彻云霄。这是因为当时旷日持久的"文化大革命"已经是一塌糊涂，百业凋敝，天怒人怨，"四人帮"面对着以邓小平为代表的党内健康力量的所谓"右倾翻案风"的极大压力，所以他们祭起了"决裂"一词，拉上《宣言》的虎皮，强词夺理地为明明是糟得很的"文革"辩护。那时我的感觉是既然"中央文革"与一切一切的传统决裂了，煤球说是白的，你也没辙了。

一九七六年拍了一部电影就叫《决裂》，写教育战线反"走资派"斗争与"路线斗争"，电影里讽刺"资产阶级知识分子"教授在一所农业大学里上课讲"马尾巴的功能"，有一个情节是"正面人物"抓住一位工农青年的手，银幕上映出手上的茧子，"正面人物"大声疾呼："这就是（上大学的）资格！"由于当时再没有什么别的电影可看，"马尾巴的功能""这就是资格"家喻户晓。

想不到十余年过去，我们中国的文坛上又时兴开了断裂一词。一些愤怒的青年把建国以来乃至百年以来的文学彻底否定，自我作古，声称从今要与过往的一切断裂，中国当代文学从这哥儿几个开始。

我不知道断裂与决裂之间有什么不同没有，还不知道没有昨天哪儿来的今天，又不知道如果有了焕然一新的作品又何必咋咋呼呼；也不知道如果近代的现代的当代的文学存在一无可取全部臭大粪，那么愤怒的青年们是从哪里获得了真正的文学的参照系统的呢？从外国文学？又没看出这些愤怒者多么精通外语。而如果是靠翻译，那就谈不上彻底断裂了：一个时代的文学翻译，也是一个时代的文学存在的一个有机组成部分。

还有，一九七六年的"决裂"与一九九八年的"断裂"之间，有什么不断不裂的关系没有？一种爆破式的思想方法，极端的、咄咄逼人的、危言耸听与非黑即白的表述方法，一种情绪性的、夸张的乃至于非理性的"秀"，为什么这样断不了裂不掉呢？

至于探讨历史的经验教训，渴望自己这一辈比过往的几代作家做出更新更好的成绩，那永远是合理的，但也离不开科学性和实事求是精神。

三

最近几年，可能与总结（这个总结是完全必要的）历史经验有关，有一部分文学作品蒙受了一个新恶名：意识形态。似乎是一部作品的有无价值全看是否受到了某种意识形态的影响，受了影响，就完蛋了，没受，或者是干脆对着干（这也是一个"文革"中大为行时的词儿）的，就了不起了。

这可真是三十年风水轮流转。回想那种以教条主义的"政治"标准衡量文学作品和抹杀一大批没有起到宣传意识形态作用的作品的日子，不过就是昨日。才几天呀，一切反过来啦，一部作品如果写了抗日，写了革命，写了新中国诞生，写了国家人民的大事就会吃不开了，而只有以遗老遗少的腐旧心怀写花草，写风月，写饮食男女，写和尚道士，写土匪妓女才算文学了。

文学当然与意识形态有扯不清的关系，许多时候，文学确是一种意识形态的特殊体现。但文学毕竟又有自己的特殊质地，它受意识形态影响，但又绝对不仅仅是意识形态的载体和喇叭筒，它对社会对人心有自己的认知方式、自己的独特发现，在某种意义上，我们可以说它确有超意识形态的一面。所谓人性，所谓诗，所谓形式美，所谓生活气息，所谓生活的丰富性与生动性，都有它自身的原创的价值。从任何一种意识形态的观点来看，《红楼梦》都未必是令人满意的，尽管意识形态的热衷者可以对此书曲意解释发挥，将之纳入自己的意识形态体系。而从小说艺术的观点、从人生悖论的观点、从生命体验的观点、从文学阅读的观点来看，《红楼梦》确是不朽的与无与伦比的。这样，从另一方面说，《红楼梦》又几乎可以为许多不同的相悖的意识形态所用所爱。这就叫作"理论是灰色的而生活之树常绿"，这就叫作杰出的创作有时候可能突破世界观的局限，这就叫作文本与文本后面的世界本体永远大于方法和命题。这也就是说，问题不在于你的作品是否受到了某种意识形态的影响，而在于你是不是真正的优秀的艺术家。真正的艺术家所接受的意识形态本身就与他对生活对艺术的追求、理解紧紧交织在一起。他必然是从生活中，从活生生的艺术感受中，从血管和神经、从良知和追求真理的焦灼中接受意识形态的影响，从而与这种意识形态结下不解之缘的，他的艺术与人文的光辉不会因意识形态磨灭掉，而是因意识形态而更加凸现。同时，这样的创作实践常常能对一时一地的意识形态成果有所突破，有所超越，也可以说是有所发展和丰富。顺便提一下，去年诺贝尔文学奖得主君特·格拉斯就是一个极热烈极投入的社会党人。

意识形态也罢，艺术也罢，它们的生命力只能是也一定是来自生活，来自生命，它们解答的是生活本身提出的问题。它们各有各的特点，它们常常交织交融交响交通，当然也包括着碰撞和矛盾。它们也会面对各色各样的挑战乃至危险，其中最值得警惕的就是与生活实践的脱节即自我封闭。如果某种意识形态要求绝对排斥创造性的艺术思维，那固然是艺术的厄运，但更是意识形态本身的劫难，这样的意识形态要求着自身的调整和匡正。这方面的经验教训是值得记取和研究的。

什么人对特定的意识形态如此敏感，乃至如此势不两立呢？不是艺术家，不是意识形态的疏离者超越者，不是处于意识形态真空状态的"纯粹的艺术家"，而只能是与特定的取向相反的意识形态的热衷者。他们几乎是"专业"地去反意识形态，这本身就太意识形态化了。这样的论者往往是用相反的意识形态狂热、相反的意识形态专横来取代他们心目中的另一种意识形态专横了。

强烈的排他性，是褊狭意识形态的一大特色，人们对此是有经验的。因为你的写作，体现自己的意识形态太不够，就把文坛骂个狗血喷头，这是一种意识形态偏执；因了近百年来五十年来作家作品受了意识形态的影响，就干脆把一段文学史彻底否定掉，这是另一种意识形态的偏执、另一种起一大哄罢了。

而与此同时，仍然是艺术心灵、艺术胸怀与艺术敏感的缺失，是文学的少文与少学，是气势汹汹的"文化大革命"。唉！

四

近来一些年轻学人很喜欢援引"西方马克思主义"的法兰克福学派，后现代的一些概念似乎也常常为人们所喜用。什么批判现代性啦，什么反对西方的话语霸权啦，什么批判中产阶级啦，什么批判科学主义、技术主义、工具理性啦，什么站到受苦受难的大众一边啦，什么知识分子的社会使命与立场啦，都讲得很动情也很雄辩。这说明，我们毕竟是一个社会主义国家，我国的社会主义思潮、左翼思潮毕竟是源远流长。这当然不是偶然的，近百年来和几千年来积淀下来的种种社会矛盾、民族矛盾、文化冲突，使一切冲淡平和文质彬彬的药方诸如人道主义啦自由主义啦博爱啦上帝啦民主啦实业救国啦教育救国啦渐进改良啦，都成了隔靴搔痒，成了不疼不痒，最后都成了伪善，成了统治阶级的帮凶。只有阶级斗争、暴力革命、无产阶级专政、反帝反封建反官僚资本主义，才能抓住中国的要害，才能见红管用。

我奇怪的是，人们乐于引的用的种种"西马"说法（当然不包括"西马"反对国际共产主义运动的那些东西，也不怎么涉及"西马"所强调的人本人文主义弗洛伊德主义与存在主义），毛泽东不是都讲过吗？批判资本主义，反对崇洋媚外和对西方或苏联亦步亦趋，主张中国人走自己的路，指出帝国主义和一切反动派都是纸老虎，指出任何时候都要站在占人口总数的百分之九十五的人民大众一边，谁讲的能与毛泽东相匹敌？强调拿起批判的武器直至进行武器的批判，批判精神贵族和"走资本主义道路的当权派"，批判"唯生产力论"，强调"造反有理"和"在无产阶级专政条件下继续革命"，讲知识分子要又红又专，特别是他的名言"卑贱者最聪明，高贵者最愚蠢"，这些谁又能忘记？他老人家讲的，比霍克海默比马尔库塞比福柯比詹明信诸人彻底得多、透辟得多、丰富生动得多，我们为什么要舍近求远把我们的议论打扮得那样洋气呢？为什么我们那样热心于从西方一个除了哲学课堂上再乏人问津的学术小圈子里，寻找自己的思想资源和理论旗帜呢？

毛泽东的生平和思想业绩是巨大的财富，包括他晚年的某些失误，都是值得深思、挖掘和记取的，都是值得认真研究和总结借鉴的。到现在为止，我们这方面做得还十分不够，到现在为止，我们的一些时髦议论还远远没有离开他老人家的思想领域、思想范畴、思想命题与思想方法呢。

2000 年 4 月

第四辑　我的人生哲学

我的人生哲学（选章）

人际二十一条

自市场经济进入中国以来，几乎没有人不去崇拜人际关系，甚至作为一种"学"来教授。不过"人性恶不一定只属于别人""人际关系是双向的"，要躲避"同盟"，还有非战车论。那么我自己所奉行的人际准则有哪些呢？最好的人际关系是"忘却"，这又是什么意思？

寻找"教你"的师傅

举一个最最简单的例子，同样一件事，找同样的人去办，有的人去办就办不成，有的人去办就办成了，这从书本上是找不到答案的。你只有善于寻找，善于思索，善于分析，善于体察，你才会渐渐懂得如何办事如何去接触陌生人，如何赢得旁人的信任和好感，如何去"求人"，如何向人说明自己的需要和来意，如何暗示自己也可以有助于他人，等等。

过去美国有人写过处世奇术之类的书，也译成过中文，但是，第一，美国的处世奇术不一定适合中国；第二，一旦处世有奇术而且能把奇术写出来译出来，这些奇术只能是末流，只能是皮毛，只能是瞎掰，如果不干脆就是骗局的话。

这种人际关系方面的"经验总结"也可能搞得水平极低，搞得很片面直至荒谬。例如有的人求人办事的方法就是送礼，再严重一点就是行贿。很不幸，确实送礼是一个求人的办法，但是我们应该明白，并不是什么事都可以送礼的，并不是什么礼都可以送的，并不是什么人都可以送礼的。送礼与行贿的距离只有一步之遥，而行贿的后果是严重的，非法的行为就是犯罪，而犯罪就要考虑它将受到的惩罚。还有一点，通过送礼来办事，一个可能是根本办不成，一个可能是恶性连锁反应，愈送礼愈"黑"，事情只能往庸俗恶劣方面发展，而很少事情是由于恶劣化而办成功的，即使成功了你也会付出过多的代价。就是说，由于你的过分恶俗的表现，你的形象你的声誉都会受到负面影响，你说的话将会被打许多折扣，与你的交往将会令有一定品味的人感到厌烦，你的一时的"神通广大"的名声通向的是终无大用终无大才相当靠不住不堪重任的结论。当然，我这里说的并不是对一切礼物通通否定。友谊性的、纪念性的、答谢性的、人情味的礼品，是难以否定和取消的，这也是世界的一个特点，好事和俗事，俗事和恶事，恶事和非法犯罪，有时相差不过一点点，分寸之别，性质味道都变了，全凭自己的好自掌握。

"人性恶"不一定只属于别人

从这里铺展开来，我想说说人际关系的事。中国是一个人口大国，中国实行的社会制度是社会主义的，中国比较缺少相互保持距离各自尊重隐私的传统，中国人的生活可能有许多缺憾，但是有一条，绝不孤独。我们很难设想一个人一生与别人很少往来、我行我素、自行其是地活着。再说，我们的文化传统特别注重人与人的关系，许多道德规范，例如忠，例如孝，例如信，例如义和礼等，都是首先用来规范人际关系的。我们又特别重视情面，熟人好办事是不言自明的道理。现在的人们动辄讲什么关系学，这是事出有因的。

人际关系又是一个人们不太愿意正视的话题，因为这种关系并不就是一起吃吃喝喝，互相照顾一下，熟人好办事之类，那样的话虽然涉嫌俗气一点，倒也无甚挂碍。人际关系最要命的首先是人际纠纷，开始也许是正常的不同意见，慢慢就变成了个人与个人之间的麻烦，你想不麻烦亦不可能。人与人的矛盾，似乎比老虎与老虎、狼与狼之间的矛盾冲突更多。现在有一个词叫"对立面"，上上下下，左左右右，到处都有人与人相对立的事实。人多了容易相互冲撞，这也是事实。一群退休职工清晨到一起练健身操或健身舞，结果也分成了两派斗了起来，这样的事我也听到过。真是够好斗的呀。在今天的社会上，谁又敢说自己与别人从来没有发生过矛盾呢？

其实很多人最怕人际纠纷，一旦陷入人际纠纷就如陷入烂泥塘大粪池，往往是跳也跳不出来，洗也洗不干净，争也争不明晰，退也无处可退。然而怕并不等于自己就可以不与别人发生关系，不等于自己可以洁身自好，离污泥而不染。而且更重要的，声称自己多么清高多么纯洁多么高尚多么雅致的人不一定就在人际关系中无懈可击，不一定他或她的人际关系中的问题责任全在别人，不一定他或她就完全没有庸俗和自私，没有嫉妒和自吹自擂，没有多疑和斤斤计较，没有野心乃至于虚伪。就是说，人性恶的东西不一定只属于别人。

确实，人际纠纷问题常常最后成为一笔糊涂账，而且应该知道没有几个有分量有头脑的人物会有兴趣有闲情逸致去听取各方的诉苦——一般这种诉苦充满了添油加醋、借题发挥、避重就轻、强词夺理、任意涂抹，如果不是更坏即歪曲事实、编造谎言、信口开河、颠倒黑白的话。虽然你自己可能满觉得有理，满觉得你和你的对手的问题是大是大非之争，是道德高下之争，是维护天理良心之争，但是人家硬是没有兴趣去听你的申诉，谁也不想过分地介入你与你的对手的纷争，谁都认为进行这种没完没了的争斗是一件穷极无聊的事，这一点你自己应该有清醒的认识。

躲避"同盟"

当然也有相反的例子，有人特别热衷于你和别人的人际纠纷，没有纠纷也要找出裂缝，嗅出敌意来，这样的人是赖人际纠纷为生的一批人，为你打探情况、出谋划策、传递消息、加油鼓劲，直到替你打头阵，冲到前头，以你这一头的敢死队员的姿态向前猛冲猛打……从而得到好处。有了这样的自愿马前卒，还愁人际没有纠纷吗？

所以，最好的选择是避开自愿为你打冲锋的人，实在避不开也要心中有数，哼哼哈哈则可，视为亲信则不可。专门招揽这样的人，专门器重这样的人则完蛋了，它证明的不过是你与这类人是一个档次、一丘之貉。

所以，像躲避瘟疫一样地躲避人际纠纷的网罩，躲避与任何人陷入无聊的个人纠纷，躲避与某某陷入结盟，与某某陷入作对才是正确的。为什么连与某某的个人结盟也要躲避呢？原因是：第一，结盟无是非，开始你们可能是由于共同的志趣共同的理念而"结盟"，结来结去，变成了小圈子，变成了"利益集团"，变成了一荣俱荣一损俱损，变成了独夫民贼大哥大邪教主所利用的工具的事实屡见不鲜。第二，由于"结盟"，你能够得到一点好处，变成一股势力，走到哪儿都能闹哄一气，你拉扯着我我拉扯着你，你给我办事我给你办事，等等，这是完全可能的。但同时，成也萧何，败也萧何，搞拉拉扯扯得便宜的人将来多半会栽在拉拉扯扯上。请想一想，你的那个拉拉队铁哥们儿里头能有几个圣人能有几个雷锋？他们与你结盟其实是为了利用你给自己谋利益，他们吹你其实是为了吹自己，他们捧你其实是为了捧自己。你与他们建立了特殊关系，他们就要求你事事时时为他们办事。你团结住了一小撮，你得罪了大多数，他们做了坏事，你得替他们背着，他们挨了骂，你得替他们顶着。

再说，什么叫狐假虎威？一旦你与他们结了盟，他们就会以你的亲信你的同伙你的弟兄的名义到处胡作非为，这一点真是防不胜防。而且他们动不动就会内讧，就会因为利益分配不均而相互咬起来，有多少能人干将毁在了所谓"自己人"手里！还有，愈是"小人"愈容易与各色人等闹矛盾，今天他祸害了张三，明天他埋怨起李四，你怎么办？他们不可能理解你的任何阔大一点的思路，他们的逻辑是我为你两肋插刀，你就得与我同仇敌忾。没有几日，不弄成个小山头小圈子才怪！靠小圈子而闹哄一气者多矣，靠小圈子而成大事而获得真正的成就真正的胜利者未之见也。

在人际关系上搞结盟还因为爱欲生嗔怒，嗔怒变仇恨的事屡见不鲜。为私利而聚在你身边的人愈多，同样为私利（得不到满足）而脱离你而化友为敌而怨你恨你的人就愈多。单纯建立在利害关系上的关系，盟友就是候补对手。此乃至理名言。

记住：人际关系永远是双向的

这样说并不是说你一生没有朋友，没有志同道合的合作者。这样的友人，第一不是绝对的，不是黑社会小集团，不是亡命徒的结合，就是说它不应该具有一种排他性。今天我们意见一致，我们尽量合作，明天意见不一，或者你突然觉得与我一道做事有某种不便之处，自可各行其道，绝不反目成仇。你此一点上与我一致，故能相合相助，这当然好；另一点上与我处境不同角度不同故而与我不一致，这也是很正常的事。比如你有你的经验，你认定了 A 先生品质恶劣难与相处，因之你选择了与 A 远远拉开距离的态度。他或她由于实力不支，由于在 A 屋檐下不得不低头，由于有求于 A，便去向 A 讨好靠拢，你怎么办？因此你就认定他或她背叛了与你的友谊了吗？因此你就与他或她绝交了吗？我看大可不必。好的办法，是对此种情势你可以心中有数，可以避免在与他或她的交往合作中过多地谈及 A 的问题，同时看到人各有情况，人各有志，人各有方法，杀猪捅屁股，各有各的门道，剃头使锥子，一个师傅一个传授，鹰有鹰的道，蛇有蛇的道，你为什么要强求别人与你的选择绝对一致呢？

记住，人际关系永远是双向的、相互的。你要求人家事事跟着你，你就得事事维护人家。让人家为了你的利益而不怕牺牲哪怕是一时放弃自己的利益，那么你就必须有为了人家的利益而不惜得罪你不想得罪的人的思想准备。你不能承担的义务，最好不要要求别人为你而承担，你不想做的牺牲，最好不要动辄让别人为你做出。尤其是一些自作聪明而又极不正派的人，最最感兴趣的就是让别人为自己冲杀，为自己与对手缠住、不松手，自己隐蔽在背后充好人，其实这都是一厢情愿的鬼算盘，最后赔了夫人又折兵的仍然是自己。再如，你希望一些人对你恭恭敬敬五体投地，那么你对旁人能不能先人后己，吃苦在先享受在后？

人际关系又永远是可变的、不羁的。今天蜜里调油，明天也可能出现裂缝；今天配合默契，明天也可能三心二意。与旁人的关系好固然可喜，出现了裂痕出现了困惑出现了猜疑也不必痛心疾首，更不要急火攻心、气急败坏，而大可付之一笑，视为自然。千里搭长棚，没有不散的筵席，好来好散，君子之交也。

这里说的是不要搞小圈子，借一个词就是说不结盟。其次一个经验是不要投靠。我的态度是：我尊重每一位领导，但是不投靠；我善待每一个朋友，但是不拉帮结派。

在一个人治色彩尚未绝迹的社会里，与领导的关系，给领导的印象至关重要，这是不言而喻的。但是这方面稍稍做得过一点就会成为奴颜婢膝溜须拍马，为正人君子所不齿。这首先是一个形象问题，而一个形象恶劣的人的成功必然为自己的形象所制约，这是其一。其二，投靠者也能给投机取巧者带来某种利益，但也带来了巨大的风险。第一险是站错了队，你不正派而能够投靠成功正说明你所投靠的那位人物也不够正派至少是不够严格，你的与之俱荣的希望也可能最后产生的是与之俱损的结果。所有的不正派的人际关系都可能遭到腹诽，遭到批评，遭到弹劾，遭到查处，遭到恶报。君子坦荡荡，小人常戚戚，这也是一个方面。你的不正派的做法必然会付出不轻的代价。其三，你投靠 A，他投靠 B，于是你成了 A 的人，他成了 B 的狗。当权势者变 A 为 B 的时候，你的下场如何还用问吗？树倒猢狲散，当 A 或栽倒或退下以后，你的除了投靠别无长技的处境，还能有什么好结局吗？其四，你把学问精力都用在与别人结党营私或投靠权势上了，你的宝贵时间花在难登大雅之堂上头了，你的心理承受能力支付在处理这些不正派的关系所面临的巨大心理压力上了，你还能有多少真本事，你还能有多少健康和长寿？

让我们讨论一个问题：正常的对于旁人的尊重和善意与不正派的投靠和拉拢的区别界限何在呢？这里第一是道德原则。你的所有尊重和善意是合乎道德的吗？第二是良知原则。你的哪怕是讨好你的老板你的上司你的部属你的朋友的做法，有没有令你的良知感到不安的东西？第三是合法原则。你对某某人好，你的好有没有与法律准则相违背的东西？第四是公开原则。你与某某关系好，你敢不敢公开承认你们有友好的知己关系？就是说，你的人际关系的各种细节，有没有不可告人之处？第五是尊严原则。你是怎么样来尊重旁人和施惠于旁人的？你是否在人际关系中维护了自己和对方的尊严？你与旁人的关系中有没有有损于自己的人格或他人的人格的行为语言？最后是不苟树敌、不苟斗原则。力图自己有良好的人缘，力图得到更多的人的好感，这是可以理解也可以允许的，但是动不动拿旁人的人当对立面，动不动人前人后攻击旁人，传播对旁人不利的流言蜚语，乃至动不动打报告写告状信煽动一些人为你冲锋斗争，则是不可取的，应该说那是可恶的下流的与可耻的。种瓜得瓜，种豆得豆，有人与你意见不一致想法不一致，这是很普通很正常的事，不一定就是你的敌手对手，而你如果采取一种恶棍式的至少是杠头式的态度，如果你好斗，动辄气急败坏、每事必争、神经兮兮，你收获的也只能是批评、反感、反击、厌恶、孤立、绝望、天怒人怨而又是怨天尤人，叫作六月的韭菜——臭一街。

我的"非战车论"

我的一个搞语言学的朋友有一句名言："不把自己轻易地绑到某个个人的战车上。"世界上有一种最不正派也是最终要倒霉的人，以向某某的对立面宣战来表达自己对于某某的效忠。这样的人不断地向自己的上司，或者其他类型的自己要巴结的人，汇报上司等的对立面的情况，表达愤慨，给上司等出谋划策，到处吹嘘他是如何为了上司等的利益而与另一些人战斗的。他们的这种恶劣表演常常能够打中一些昏聩而且境界极低的人物的心，这可以说是一些恶之花，容易取得建筑在性恶论唯斗论狼性论者的心，这样的论者会喜欢自己的敌人的敌人，却永远不会有真正的友人。

非战车论对于处理对上的关系尤其重要。有时我们会碰到这种情况，上边的几个领导或几个老板意见不一，对于不正派的人来说，这是大好良机，你正好借此靠一个卖一个亲一个臭一个来给自己寻找进身的机会立身的位置，但同时，这也是极大的危险，你在几个领导几位老板之间上蹿下跳，挑拨离间，传闲话，弄是非，你难道不想一想你是老几，你有什么本钱，你懂得了多少全局性的事物，你能承担多大的责任？也许上边的几个人过一段时间关系变得协调了，团结一致了，他们最后发现是你在生事；也许你因人际是非而受某一方所信用所欣赏，那么同样，你也会因人事纠纷而受到另外的人的怀疑，受冷淡直到受排斥。说老实话那些动辄乐于参与各种人际纠纷的人总给我以"乱臣贼子"的感觉。

这当然不是说你不可以对待一切争议有自己的倾向自己的臧否自己的判断，也不是说你不可以有自己的拥护自己的反对。这一切，就事论事则可，变成个人纠纷则不妙；出以对是非的明辨则可，出以投靠心理则令人作呕了。

我的二十一条人际准则

在人际关系上，我有几条基本准则：

一、不相信那些动辄汇报谁谁谁在骂你的人。

二、不相信那些一见了你就夸奖歌颂个没完没了的人。

三、不讨厌那些曾经公开地与你争论、批评你的人。

四、绝对不布置安排一些人去搜集旁人背后说了你一些什么。

五、绝对不在公开场合，尤其不能在自己的权力影响范围内，即利用自己的权力或者影响召集一些人大谈旁人说了你什么，那样做等于拆自己的台。

六、不回答任何对于你个人的人身攻击，只讨论不仅对于你和你的对手，而且对于更多的人众，对于社会和国家，对于某种学理的建设和艺术的创造确有意义的问题。

七、一般不做自我辩护，但可以澄清一些观点、一些选择、一些是非。

八、一时弄不清或一时背了黑锅也没关系。你还是你，他还是他。一个黑锅也背不起的人只能是弱者。

九、不随便拒绝人，也不随便答应人。不许愿，不吊人家胃口，不在无谓的事情上炫耀自己的实力。

十、不急于表现自己，也不急于纠正旁人，再听一听，再看一看，再琢磨琢磨。

十一、不在背后议论张长李短。

十二、记住，人际关系永远是双向的，学人者人恒学之，助人者人恒助之，敬人者人恒敬之，爱人者人恒爱之。同时，说人者人恒说之，整人者人恒整之，害人者人恒害之，耍人者人恒耍之，虚伪应付人者人恒虚伪应付之。

十三、绝对不接受煽动，不接受挑拨，绝对不因 A 的煽动而与 B 为敌，也不因 B 的煽动而向着 A 冲去。

十四、在人际关系中永远不考虑从中捞取什么。

十五、永远不要以为任何你接触的人都比你傻比你笨比你容易上套。

十六、对某人某事感到意外时，先从好处想想，可能他做这件事是为了帮助你，至少客观上对你无损，而千万不要立即以敌意设想旁人。

十七、永远不与任何人包括对你最不友好的人纠缠。你搞你的人际纠纷，我忙我的业务工作。你搞纠纷的结果未必能怎样怎样，我搞业务工作的结果很可能有一些成绩。我的一切成绩都是对你的最好回答，更是对友人的最大安慰。

十八、寻找结合点、契合点，而不是只盯着矛盾分歧。永远安然坦然，心平气和，视分歧为平常，视不同意见的人为现实的诤友或候补诤友，而不是小气鬼般地一见到意见不一的人就如坐针毡，脸上红一阵白一阵。

十九、永远不从个人利害的角度谈论与思考问题，永远不"我、我、我"与人争论，宁可把一切争执学理化也不要搞狗屎化个人化。

二十、把人际关系的处理当作一个特殊的课程，从中分析和进一步掌握我们的国情，我们的历史，我们的社会结构，我们的哲学传统与时尚思潮，我们的逻辑学科学文明教养心理健康，等等，这也就是上一条所说的学理化的意思。

二十一、可以用足气力去学习、去工作、去写作、去装修房屋，乃至去旅游去赛球去玩儿，但是用在人际关系上，用在回应摩擦上，用在对付攻击上，最多只发三分力，最多发力三十秒钟，然后立即回到专心致志地求学与做事状态，再多花一点时间和气力，都是绝对地浪费精力、浪费时间、浪费生命。

以上二十一条，我自己并没有完全做到，但我确实明白，凡这样做的，效果极佳；凡没有这样做的，都是犯蠢，都是糊涂，都是枉费心机，甚至是丢人现眼。这是丝毫不爽的。类似原则还可以生发出许多许多条，这二十一条不过是抛砖引玉，以为共勉。

最好的人际关系是"忘却"

归根结底，叫作与人为善。是的，我们也会碰到无事生非的人，制造谣言的人，嫉贤妒能的人，偏听偏信的人，以及各种以权谋私、以势压人、阴谋诡计、欺骗虚伪等。也许你确实是与人为善，但是你的善未必能换回来善，需知任何创造性都是——客观上是——对于平庸的挑战；任何机敏和智慧都在反衬着愚蠢和蛮横；任何好心好意都在客观上揭露着为难着心怀叵测；而任何大公无私都好像是故意出小肚鸡肠的人的洋相。你做得越好，就会有人越发痛恨你。这是不能不正视的现实。

人们在碰到不尽如人意的人和事以后常常会感叹世情的险恶，人心的险恶。然而，应该如何对付这种险恶呢？

一种是以痛恨对恶。以为自己与自己的小圈子乃清白的天使，以为周围的一切人是魔鬼和恶棍，于是整天咬牙切齿，苦大仇深，气迷心窍，不可终日。这是不可取的，因为这第一是神经病，第二是以恶对恶，本身就已经恶了，本身就已经与他或她心目中的魔鬼恶棍无大异了、趋同了。

二是以疑对恶。嘀嘀咕咕，遮遮掩掩，患得患失，犹豫不决，生怕吃亏上当，总觉得四面楚歌。结果可能你少吃了两次亏，但更失掉了许多朋友和机会，失掉了大度和信心，失掉了本来有所作为的可能。这是没有出息。

三是以大言对恶。以煽情对恶，以悲情"秀"对恶：言必称险恶，言必骂世人皆恶我独善，世人皆浊我独清；言必横扫千军如卷席；言必爆破多少吨的TNT。目前有一种说法很流行，说是知识分子的使命在于批判。这个提法对于生活在西方发达资本主义国家的知识分子尤为正确，特别因为他们的环境里成为主流的可能是自满自足，是物质享受，是相对或暂时的平稳，是"历史的终结"乃至是霸权主义。中国的情况需要批判的东西当然也绝对不少，从鸦片战争至今我们已经用从长矛到坦克"批判"——即马克思所讲的武器的批判批判了一百六十年；从辛亥革命到如今我们已经用武器批判和以批判作武器革了九十余年的命；从"五四"至今，从党的成立至今，我们批判了八十余年；从一九四九年建国至十一届三中全会，我们又"破"字当头，大批判开路，横扫一切，深挖细找，金猴奋起千钧棒，尔曹身与名俱灭，绝不心慈手软地批斗、斗批（改）地超额大轰大嗡地批判了三十年，失去了不知多少机遇。今天，当然还面临着许多问题许多危险许多不义，当然还需要批判批判再批判，斗争斗争再斗争，中国的知识分子仍将珍惜自己的善于斗争勇于斗争勤于斗争的传统，我们也知道面前还有许多邪恶许多斗争的靶子，但是如果以为廉价地表面地骂一骂娘就是承担起了知识分子的使命，那不就太对不起我们这个多灾多难的民族了，也太对不起自己念的那点书了吗？在百废待兴的情势下，如果说我们更需要至少是也需要建设性的努力，需要理性的思考，需要积累和继承一切正面的东西，需要填补大量现代文化的空白，需要把批判与继承、弘扬、保护和建设等肯定性的命题结合起来，难道不是更正确一点吗？而且，建设性的工作从另一面来说也是一种批判，是对于教条主义和僵化不前，对于脱离实际和大言不惭，对于各种乌托邦主义，对于封建主义与空想的全盘西化，也是对于利欲熏心的腐败与社会蛀虫的犯罪的批判，更是对于社会进步的扎实准备。富强、民主、文明不可能建筑在一连串不停歇的痛骂痛斥上，而是建立在应有的物质与精神的积累与长进上。

四是以消极对恶。一辈子唠唠叨叨，神神经经，黏黏糊糊，诉不完的苦，生不完的气，发不完的牢骚，埋怨不完的"客观"，到了生命的最后一息了，他或她已经是一事无成地定局了，还在那里怨天尤人呢。鸣呼！

那么，我们能不能做到，保持干净更保持稳定，保持操守更保持好心情，保持正义感更保持理性，保持有所不为有所不信更保持与人为善呢？许多时候，绝大多数的人还是好的，至少是正常的。这样说由于过分正常，当也会使得"愤青儿"们暴跳如雷吧？而我始终认为，多数情况下，绝大多数人，他们对待你的态度取决于你对待他们的态度。至于说到他们的毛病，不见得一定比你多，即使是常常不比你少。无论如何，我们可以努力做到使自己变成一个和善的因素，安定的因素，团结的因素，文明的因素而不是相反。我们可以努力做到心平气和，冷静理智，谦恭有礼，助人为乐。而不是相反，急火攻心，暴躁偏执，盛气凌人，四面树敌。即使一时不太了解的人，只要不是涉嫌刑事犯罪，而你又没有领到刑侦任务，那么还是友好待之为先。对陌生人不可有恶意，不可有敌意，不可以无端怀疑，不可以拒人于千里之外。更不可以出口伤人，随意中伤，否则到头来只能暴露自己的幼稚与低级。

甚至对那些或某一个对你确实是心怀敌意乃至已经不择手段地搞起你来了的人，你也可以反躬自问，我们自己有什么毛病？有什么使他或她受到伤害的记录？有没有可能消除误解化"敌"为友？还要设身处地想想对方也有情有可原之处。进一步想，对方之所以险恶，不无背景来由。从另一方面想，险恶的心情和弱势的处境很可能有关系。见了草绳当蛇打，只因十年前他或她被蛇咬了个半死。再从自身方面看，嫉恨得如毒如鸩如蛇如蝎，想必是你成绩太大名声太大得到的东西太多至少是比他或她多，难怪了！而对方对你下毒手，正说明了对方的绝望。从远景看，一切个人的嫉恨怨毒，一切鼓噪生事，一切签名告状也好，流言蜚语也好，棍子帽子也好，在一个大气候相对稳定的情势下，作用十分有限，可能起的是反作用。你见怪不怪，其怪自败。大可以正常动作，平稳反应，美好心态，不受干扰，让各种事务按部就班地前进，让你的生活按照既定的轨道前行。或者更简单一点，暂时不予置理就是了。你那么忙，那么有工作有学习有写作有业务有使命感也有无限的生活乐趣在身，怎么有可能去奉陪那些日暮途穷，再无希望，只剩下了在与假想敌的斗争中讨生活的专业摩擦户呢？

当然，不是说任何人你不理他就没事了，也有没完没了地捣乱的骚扰的。但是我们日常说的"一个巴掌拍不响"，我的经验是至少有百分之八十四点三适用性，即你那个巴掌不动作的话，他也就蔫了。另有百分之十五点七，对他们你只是不理，只是做好好先生是不行的，他逼着你向他露出牙齿，给点教训，给点颜色才罢休。我们不能因为有百分之十五点七的人需要教训便去奉陪那百分之八十四点三的人的纠缠，那太浪费精力了，也不能因为有大多数可以用不予置理来解决便放松了对于那百分之十五点七的人的回应。

对那百分之十五点七的讨厌者，必要时，看准了，找对了，在最有利的时机，你也可以回击一下。但这绝非常规，偶一为之则可，耽于此道则大谬矣，误了正事矣，误了建设有中国特色的社会主义矣，也误了你的人生的明朗航行——只因跌进了阴沟矣。这类事只能是自卫反击，点到为止，及时撤退，爱好和平。所以有这样的分寸，所以讲究适可而止，固然与矛盾性质有关，与人为善的总出发点有关，也与我们对自己的力量的清醒估计有关。不要以为自己能够改变很多人很多事，不要以为自己占了理就能消灭谁，不要以为自己的成绩辉煌就能掩盖住别人的哪怕是小小的恶劣。手大捂不过天来，世界不止你一个人居住。尤其是不要迷信争论与批判的效用，即使是道理如长江之水，气势如泰山之峰，言语如利剑如炸弹，权威如中天白日，你批完了讲完了他听不进去还是听不进去。多数情况下你个人能够做到的只是说出你的观点令不那么偏执的人知道世上不仅仅有那么一种观点。反复矫情难有大用，反复争论只能误事。这样，你能够做到达到的都是有限的，你永远不要指望君临一切一派欢呼的那一天，真有那一天也极无聊极靠不住。特别是内部的争论斗争，常常是斗了个六够，最后无结果而终。势不两立也可能有一天化干戈为玉帛。非争出个水落石出来不可的结局往往是不了了之，一笔糊涂账。用一位领导的话来说，叫作两人斗了几十年，最后两人死了悼词也都差不多。说来归齐还是要看谁更以大局为重，谁更能团结人。切不可逞一时的意气，摆一副一贯正确的霸王架子，其后果很可能是鸡飞蛋打，一事无成，孤家寡人，向隅而泣。

所以说了这么多，其实最好是从根本上忘记人际关系之说，忘记关系学。就关系求关系，只能走向穷途末路，贻笑大方，小里小气，俗不可耐。而一个人只要专心学习，努力工作，真实诚信，与人为善，平等待人，健康向上，群众关系人际关系自然能好，一时有问题受误解也不过是小小插曲小小过门。关系是副产品，是派生出来的东西，是自然而然的东西。对待关系宁肯失之糊涂失之疏忽，也不要失之精明失之算盘太清太细。

半生多事（选章）

一、故乡

我是出生在北京沙滩的，那时父亲正在北京大学读书，母亲也在北京上学。但是我很认真地每次都强调自己是河北省沧州市（原地区）南皮县潞灌乡龙堂村人，我乐于用地道的憨鲁的龙堂乡音说："俺是龙堂儿的。"我一有机会就要表明，我最爱听的戏曲品种是"大放悲声"、苍凉寂寞的河北梆子。我不想回避这个根，我必须正视和抓住这个根，它既亲切又痛苦，既沉重又庄严，它是我的出发点、我的背景、我的许多选择与衡量的依据，它，我要说，也是我的原罪、我的隐痛。我为之同情也为之扼腕：我们的家乡人，我们的先人，尤其是我的父母。

大概我出生后过了一两年，我被父母带回了老家。我至今有记忆，也是我有生以来的最初记忆，我的存在应是从此开始。而我的从小的困惑是在这些记忆以前，那个叫作王蒙的"我"在哪里。而如果此前并无王蒙的自我意识与我的自我意识，那么这个"我"的意识——其后甚至有了姓名，煞有介事——又是从哪里掉下来的呢？

我在夏日睡午觉，我被两只黑猫吓醒了，两只黑猫的眼睛是亮晶晶的棕红色。有点血腥，有点凶险。我不能断定的是是否我们在老家当真养着这样的猫。

我还有一个梦，在老家房后的梨园（家人称为后园子）里玩耍，一脚陷入了一个大坑，我吓醒了。我闻到了秋梨的气息。

我记得祖母去世的一点情景，相信也是此年，也是夏日，在正房的相对比较大的厅堂里，许多人紧张地走来走去，说是奶奶死了。事后分析，这事情的发生大概是在凌晨，睡梦中被唤醒了，只记住了影影绰绰。

我的母亲董敏对奶奶的印象不佳，一直称为"老乞婆"。此外我对奶奶一无所知。我的父亲王锦第（字少峰，又字曰生）提起奶奶抱极尊敬态度。父亲是遗腹子，只见过他的母亲而没有见过他的父亲。

很晚了我才弄清，我的祖父名叫王章峰，参加过公车上书，组织过"天足会"，提倡妇女不缠脚。算是康梁为首的改革派。

又有一个记忆涌现脑海：有一个词——逃难？逃什么难？应是卢沟桥七七事变，是从北京往乡下逃还是从乡下往北京逃？我记不清也问不出来了。后者的可能性更大，就是说我对于故乡的少量记忆来自我三岁以前的经历。逃难时母亲抱着我，坐着一辆马拉轿车。我的记忆是夜间宿在大车店时听到的马匹的吃草声和工人的铡草声，喀嚓，喀嚓，沙拉，沙拉……深夜，沉睡，我被喀嚓声吵醒，我似乎闻到了干草和青草的气息。有一匹大马充斥着我的印象与记忆空间。

我断定，我是先学会了说沧州——南皮话，后来上学才接受了北京话的，我虽然出生在北京，说话却和胡同串子式的京油子不同，我的话更像后来学会的普通话——"官话"而不是北京原生土话。至今我有些话的发音与普通话有异，例如常常把"我觉着"的觉读成上声，疑出自"我搅着"的读法。一直到十四五岁了，我回到家，与父母说的仍然是乡下话，而我的弟弟妹妹就不会说这种乡下话了。我的这些表现似乎是要大声强调，我，我们的起点是何等的寒碜！我们的道路是何等的艰难！本来就是这样土，这样荒野，这样贫穷落后愚昧，远离现代，不承认这个，就是不承认现实。

也是许多年后，我去龙堂的时候，才听乡亲告诉，我家原是孟村回族自治县人。后因家中连续死人，为换风水来到了离南皮（县城）远离孟村近的潞灌。本人的一个革新意识，一个与穆斯林为邻，密切相处，看来都有遗传基因。

一九八四年我首次在长大成人之后回到南皮——潞灌——龙堂。我看到的是白花花的贫瘠的碱地，连接待我的乡干部也是衣无完帛，补丁已经盖不上窟窿，衣裤上破绽露肉，房屋东倒西歪。我从县志上读到当地的地名与人名，赵坨子、李石头……还有我认为最具代表性的民谣：

> 羊㞗㞗蛋，上脚搓，
> 俺是你兄弟，你是俺哥。
> 打壶酒，咱俩喝。
> 喝醉了，打老婆。
> 打死（sā）老婆怎么过？
> 有钱的（dí），再说个。（王注，家乡人称娶媳妇为说个媳妇）
> 没（mú）钱的，背上鼓子唱秧歌。

至今，读起这首民谣，我仍然为之怦怦然。这就是我的老家，这就是北方的农村，这就是不太久前的作为伟大中华民族的后人的我们中多数的生活。

而父亲常常带几分神经质地告诉我，他小时候上厕所没有卫生纸可用，连石头土块也用光了，于是人们大便后在附近的破墙上蹭腚（肛门），结果一堵破墙的一角变得光滑锃亮。

这次回老家也找出一点事，一位年轻的当地农民数次来北京找我，他拿出判决书，告诉我他的哥哥因为盗窃牛只被判了刑，他生活困难。他不相信我没有"权力"使乃兄释放与给他解决挣现钱的工作岗位。我帮他到县里一个建筑工地做工，他不干。他后来又谈他的先人曾被侵华日军抓到日本当劳工，如何索赔的问题，我也未能给以明确的指引。我面对故乡，面对农民，低头寻思，拼命解释，一筹莫展，更像是在推托。

二〇〇五年春节，我与在京的亲属共访龙堂。已经面貌一新，治理次生盐碱化成绩显著，经过挖沟排碱，土地已经不见碱渍，到处都有塑料大棚之类的农业生产设施。乡亲们穿得囫囫囵囵，有的穿着皮夹克。新房很多。南皮的灯泡厂、汽车部件厂、针织厂、酱菜厂与县医院都搞得不错。县医院新添的德国造 CT 扫描仪，比北京医院的设备丝毫不差。龙堂的乡亲向我诉苦的是他们仍然喝着盐碱苦水。与二十年前相比，已经是天上地下，我颇感欣慰。

但是我的子侄们纷纷私下里说：怎么这样落后，改革开放在这里怎么没有成果？他们的根据一是村子里的道路有许多泥泞，一是农民家里的家具极差，找不到几把完整的椅子，更不要说沙发了。

南皮的一个邻县是同属于沧州的吴桥，吴桥的一大出名之处是它的硬气功，至今河北省的国际杂技节是以吴桥杂技节来命名的。我在文化部工作时批准了吴桥杂技学校的建立。家乡人有习武的传统，家乡话叫练把式，叫张跟头竖直溜。这些都好。但是同时，我们的家乡是清末义和团的一个基地，成为杂技成为武术的许多好东西，也极易带着我们的父老乡亲走火入魔，投合我辈"中华当然高明，非蛮夷能望其项背"的集体潜意识。关键是文化科学常识的缺乏与自我评价上的不肯或不敢面对实际。

沧州下属的黄骅县由于修建海港而出名。黄骅与天津间有一大片苇坑，一望无际，说是当年这片苇坑里出没着好几拨土匪。抗日战争爆发后，八路军来收编他们，他们提出要与八路军的干部赤身在芦苇塘中过夜比赛喂蚊子，八路军胜过了他们，他们乃进入了抗日队伍。当然，这更像口头传说。

我不知道是由于习武而性情暴烈，还是由于性情急躁而习武。家乡人说话嗓门大，像是吵架。家乡人爱骂人，骂得千奇百怪花样翻新，我在《活动变人形》一书中写了一些，使高雅的冰心老人看了不爽。家乡人还爱动手。一九八四年我坐着沧州文联的车去沧州，路上因超速行驶受到交警拦阻，迎接我的一位写作同行立即愤怒地下车与民警理论，好容易才劝解开。面包车恢复行驶以后，我的写作同行还脸红脖子粗地宣称："我要揍他！"

一位亲戚嘲笑我们家人（说话嗓门大）说："怎么个个像唱黑头的？"我当然不能忍受这种侮辱，我立即反唇相讥："我看你像是唱小旦的！"话虽应对及时，不辱乡梓，但是我至今在家中突然动怒突然瞪眼之类的不良习惯，仍显然与乡风有关。

南皮出过一个大人物是张之洞，他的弟弟张之万也很有名。在唐浩明的历史小说《张之洞》里，写到张之洞受到的教诲："启沃君心，恪守臣节，厉行新政，不悖旧章。"我为之叫绝称奇。启沃是对上作宣传启蒙。恪守是讲纪律讲秩序。厉行是志在改革，向前看，一往无前。不悖是减少阻力，保持稳定……中国吗？深了去啦。

沧州是不是林冲发配的地方？我闹不清楚。沧州倒是修了山神庙，供游人凭吊梁山好汉。可惜的是山神庙后面的背景竟是一道高压输电线。蒋子龙（沧县）、柳溪（沧县）、旅马（来西亚）的女作家戴小华（青县）、歌唱家李双江（南皮）、朱明瑛（南皮）都是沧州老乡。

过去本地人嘲笑沧州，叫作："一条大街一个楼，一个警察一个猴。"

一条街是署前街，我姥姥家在此。一个楼是天主教会，旧称"洋楼"，这里有早年的西医医院。日伪时期说是要弄什么动物园，搞了一只猴子来，底下就没有下文了。

王任重同志是沧州相邻的景州人，沧州的狮子景州的塔，东光县的铁菩萨，都很有名。沧州狮子是生铁打造，仰首欲奔，形象生动。生铁经数百年而不太锈，奇怪。后来为它修了遮晒遮雨的棚子，从此大锈，走向腐烂，再找什么专家研究也没有辙了。

故乡是一个生死攸关的词儿。我完全不明白我为什么是沧州南皮人，这说明故乡何处的问题不是一个可以用"为什么"来讨论的合乎逻辑推理的问题。故乡就是命运，就是天意，就是先验的威严。故乡一词里包含着我的悲哀、屈辱、茫然与亲切、热烈，我要说是蚀骨的认同。

故乡是我的发生图，我个人的无极与太极，是我的最初的势与能，最本初的元素，来自冥冥的第一推动力，是其后各种变化与生成的契机。我与我们，都是这样开始的。

越是年长，我越是希望能够与朋友共同重温我的故乡与初始，我的原由与来由，我的最早（被？）设置的格式、定义、路径和密码，我希望能有所发现、有所破译。

而我之所以要有意识地强调自己的故乡性和初始化，还由于，我已经隐隐感到，随着个人与家庭生活的城市化首都化国际化，随着社会的现代化全球化，随着与时俱进与一日千里，我的过去、我的故乡、我的初始将会淹没，我的故乡我的初始状态由于乏善可陈而将被漠视、轻蔑和忘却，我的童年的痛苦与心思、可怜的不开化的与傻气的种种经验和遗憾将被抹杀，我的此后的一切，将无法从根子上加以解释和回味。而我与他人与读者包括至爱亲朋的交流，将留下一堵厚墙，留下一大段一大块空白。

二、父亲

我父亲王锦第，字少峰，又字曰生，北京大学哲学系毕业。他在北大上学时同室舍友有文学家何其芳与李长之。我的名字是何其芳起的，他当时喜读小仲马的《茶花女》，《茶花女》的男主人公亚芒也被译作"阿蒙"，何先生的命名是"王阿蒙"，父亲认为阿猫阿狗是南方人给孩子起名的习惯，去阿存蒙，乃有现名。李长之则给我姐姐命名曰"洒"，出自达·芬奇的名画《蒙娜丽莎（洒）》。

北大毕业后，父亲到日本东京帝国大学读教育系，三年毕业。回国后他最高做到市立高级商业学校校长。时间不长，但是他很高级了一段，那时候的一个"职高"校长，比现在强老鼻子啦。我们租了后海附近的大翔凤（实原名大墙缝）的一套两进院落的房子，安装了卫生设备，邀请了中德学会的同事、友人、德国汉学家傅吾康（Wolfgon Frankle）来住过。父亲有一个管家，姓程，办事麻利清晰。那时还有专用的包月人力车和厨子。他并与傅吾康联合在北海公园购买了一条瓜皮游艇，我们去北海划船不是到游艇出租处而是到船坞取自家的船。有几分神气。

这是仅有的一小段"黄金"时代，童年的我也知道了去北海公园，吃小窝头、芸豆卷、豌豆黄。傅吾康叔叔曾经让我坐在他的肩膀上去北海公园，我有记忆。我也有旧日的什刹海的记忆，为了消夏，水上搭起了棚子，凉快，卖莲子粥、肉末烧饼、油酥饼、荷叶粥。四面都是荷花荷叶的气味。什刹海的夏季摊档，给我留下美好印象的是每晚的点灯，那时的发电大概没有后来那么方便，摊主都是用煤气灯。天色黄昏，工人站在梯子上给大玻璃罩的汽灯打气，一经点燃，亮得耀眼，使儿童赞叹科学、技术和用具制造的神奇。

父亲大高个儿，国字脸，阔下巴，风度翩翩。说话南腔北调，可能他是想说点显阅历显学问的官话至少是不想说家乡土话，却又没有说成普通话。他喜欢交谈，但谈话思路散漫，常常不知所云。他热爱新文化，崇拜欧美，喜欢与外国人结交。惠我甚多的一个是反复教育我们不得驼背，只要一发现孩子们略有含胸状，他立即痛心疾首地大发宏论，一直牵扯到民族的命运与祖国的未来。一个是提倡洗澡，他提倡每天至少洗一次，最好是洗两次澡。直到我成年以后，他最喜欢做的一件事就是邀我们包括我的孩子们他的第三代人到公共浴池洗浴。第三则是他对于体育的敬神式的虔诚崇拜，只要一说我游泳了爬山了跑步了，他快乐得浑身颤动。他的这些提倡虽然常常脱离我们的现实条件而受到嘲笑抨击，但仍然产生了影响，使我等始终认定挺胸洗澡体育不但是有益卫生的好事，而且是中国人接受了现代文明的一项标志。

父亲对我们进行了吃餐馆 ABC 的熏陶。尤其是西餐。怎样点菜，怎样用刀叉，怎样喝汤，怎样放置餐具表示已经吃毕或是尚未吃好。他常常讲吃中餐一定要多聚几个人，点菜容易搭配，反而省钱。而西餐吃得正规，他佩服得五体投地，并对不认真的、没有样儿的吃饭，如蹲吃歪着身子吃趴着吃看着报纸吃嫉恶如仇。

父亲强调社交的必要性，主张大方有礼，深恶痛绝家乡话叫作"怵（chǔ）窝子"的窝窝囊囊的表现，说起家乡的女孩子在公开场合躲躲藏藏的样子，什么都是"俺不！"，父亲的神态叫作痛不欲生。

母亲一生极少在餐馆吃饭，偶然吃一次也是不停地哀叹："花多少钱呀！多贵呀！……"而父亲，哪怕吃完这顿饭立即弹尽粮绝，他也能胜任愉快地请人吃饭，当然如果是别人请他，他更会兴高采烈，眉飞色舞。我曾经讽刺父亲说："餐馆里的一顿饭，似乎能够改变您的世界观，能使您从悲观主义变成乐观主义。"父亲对此并无异议，并且引用天知道的马克思语录，说："这是物质的微笑啊！"

童年的随父用餐给过我不美好的印象。父亲和一位女士，带着我在西单的一家餐馆用餐，饭后在街上散步，对于我来说，天时已晚，我感到的是不安，我几次说想回家，父亲不理睬。父亲对此女士说："瞧，我们俩带着一个小孩散步，多么像一家三口啊。"女士拉长了声音说："胡扯！"后来又说了一些话，女士又说了胡扯，胡扯还是胡扯。我什么都不懂，但是我有一种本能的反感。而且我大致想，父亲并不关心我的要求。

第二天我向母亲"汇报"了这次吃饭的情况。反响可想而知，具体究竟随此事发生了什么，我记不起了。但是母亲从小告诉我父亲是不顾家的，是靠不住靠不上的。我的爱讲家乡话和强调自己是沧州——南皮人的动机中，有反抗父亲的"崇洋媚外"，也许还有"弑父情结"在里头。

数十年后，在父亲已经离世十余年后，我有一个机会在江南一座城市见到此位当年的父亲的（女）朋友，如今的老教授。也是一种缘分吧。我想见见这个人，她发表过文学评论，有见解。我实在看不出她当年的风采来。而母亲此前也说过，她漂亮。时间是破坏一切漂亮的。有一说，傅吾康与先父，都曾对此女性有好感。我读到过此位阿姨给傅的信，信里提到父亲，用语多有不敬，有什么办法呢？人是分三六九等的，晦气的人不会得到太多的尊敬。我完全理解，我只能轻叹和一笑。在我长大以后，我与她谈得很愉快。我帮她出了一本小书。

没有多久，父亲就不再被续聘当校长了，我事后想来，他不是一个会处理实务的人。他宁愿清谈，大话，叫作大而无当，树立高而又高的标杆，与其说是像理想主义者，不如说是更易于被视为神经病。

他确是神经质和情绪化的，做事不计后果。他知道他喜欢什么，提倡什么，主张什么，但是他绝对不考虑条件和能力，他瞧不起一切小事情，例如金钱。他不适合当校长，也不适合当组长或者科长，不适合当家长，他又是一个最爱孩子的父亲，对这后一点，母亲也并不否认。在他年近六十岁的时候他说过一句话，他的人生的黄金时代还没有开始。这话反而使我对他有些蔑视。他最重视风度和礼貌，他绝对会不停地使用礼貌用语，谢谢与对不起、你好与再见、请原谅和请稍候，但是他不会及时地还清借你的钱。他最重视马克思与黑格尔、费尔巴哈与罗素，但是他不知道应该给自己购买一件什么样的衬衫。如果谈境界，他的境界高耸入云。如果谈实务，他的实务永远一塌糊涂。

立竿见影，校长不当，大翔凤的房子退掉了，从此房子搬一次差一次直到贫民窟。父亲连夜翻译德语哲学著作，在《中德学志》上发表他的疙里疙瘩的译文，挣一点稿酬养家糊口。他的德语基本上是自学的。英德日俄语，他都能对付一气，但都不精。

父亲热心于做一些大事，发表治国救民的高论，研究学问，引进和享受西洋文明，启蒙愚众至少是教育下一代，都不成功。同时，他更加不擅长做任何小事具体事。谈起他的高商校长经历，父亲爱说一句话："我是起了个五更，赶了个晚集呀。"天乎？命乎？性格使然乎？下面还会不断地回到这个话题。

三、母亲

我的母亲本名董玉兰，后改为董毓兰，解放后参加工作时正式命名为董敏。

父亲多次对我说过，策划他的婚事时他提出了两点要求：一个是他要看一下本人，就是说要目测一下；一个是此人必须上学。后来就在沧县第二中学，他看了一眼，接受了这项婚事。我的外祖父就是二中的校医嘛。媒人是一个老文人，名叫王季湘。在我上小学以后，王老先生来过我家，我母亲说他做错了这件事，害了她一生。

母亲个子不高，不大的眼睛极有神采，她常常不能控制自己的表情，转眼珠想主意，或者突然现出笑容或怒容。

她是解放脚，即缠足后再放开。母亲上过大学预科，解放后曾长期做小学教师，她出生于一九一二年，一九六七年退休，是养老金领取者，她善于辞令，敢说话，敢冲敢闯，虽然常常用词不当，如祝贺一个人的成就时说你真侥幸——原意是说你很幸运。

我想她也过过短暂的快乐的日子，我上小学以前，她曾每周定期到北京的一个庙会点西城的护国寺学唱京剧。很巧，现在护国寺也是专用的京剧剧场人民剧场所在地，还是梅兰芳故居所在地。我很小就听她唱《苏三起解》的西皮流水。

此后，她曾与她的姐姐董芝兰（后名董效，后在户口上的用名是董学文），两个人共谋一项事由（职业）：北京女一中图书仪器管理员。有两个女生与她们二人交往，一名白艺，一名柏淑清。她们四人一起学唱《天涯歌女》《四季歌》和《卖杂货》，这三首周璇唱红了的歌曲，也是我与姐姐王洒最早学会的三首流行歌曲。

母亲也读书，冰心、巴金、张恨水、徐志摩她都读过。她知道了许多"五四"带来的新思想，她直到很老了还多次说过，越懂得一点新思想，她就越是痛恨痛惜痛苦，她恨得咬牙切齿，为什么人家就能过那样的人生，而她的人生是这样倒够了血霉，她的人生只有痛苦、屈辱、恶劣……

她不喝牛奶（老年后喝了），不吃奶油，不喝茶，当然，不吸烟也不喝酒，不吃馆子。所有上述享受她都认为太浪费，与父亲的习惯完全不同。

她喜欢听河北梆子，一说起《大蝴蝶杯》就来情绪。我以为大喊大叫的地方戏曲是一种对她的精神麻醉。

此外她的生活尤其是精神相当紧张，一个是一直经济困难，无保证。一个是她感觉她常常被人攥（骗）了。父亲对于家庭的财政支撑有时是灵感式、即兴式的，他声称给过家里不少的钱，但他也会无视家庭的固定需要而在毫无计算计划的情况下一高兴就把刚领到的月薪花掉一半去请客。父亲适合过富裕的生活，为此他习惯于借钱与赊账，有时是不负责任的赖皮式的赊账。我见过他怎样地对付来要账的小伙计，令人汗颜。而只要他富裕，他就优雅绅士，微笑快活，吃馆子，吃西餐，结交名流，请客，遇事慷慨解囊。他对俗务和他最缺少的银钱一万个瞧不起。他说过只要他的潜力发挥出来了，钱算得了什么？他说过自己适合当老板，不适合当雇员，适合有钱，不适合没钱。就是说，如果他当了有钱的老板，他会很宽厚，很仁德，说话行事都极漂亮。而作为一个贫穷的雇员，他简直就是一无可取，白白浪费嚼裹（消费品）。他极喜欢花钱，却拒绝考虑如何挣钱与还债，更不要说节约与储蓄。

然而，他面对的是常常吃了上顿没有下顿的妻儿与亲戚。这并不是戏剧场面。我的记忆里不止一次，到了吃晚饭的时候，母亲、姥姥、姨坐在一块儿发愁："面（粉）呢？没面了。米呢？没米了。钱呢？没钱了……"可以说是弹尽粮绝，只能断炊。然后挖掘潜力，巧妇专为无米之炊，找出一只手表、一件棉袄或是一顶呢帽，当掉或者卖掉，买二斤杂面（含绿豆粉的混合面粉）条，混过肚子一关。

这样母亲就对父亲极端不满意。她的精神紧张的更主要的原因是她无法与王锦第相处，不能信任她的丈夫。她同时渐渐发现了父亲的外遇，至少是父亲希望能有机会结识更多的年轻貌美新派洋派的女性。尤其是在父亲的校长职位被炒，我的外祖母董于氏（解放后报户口时起名于静贞）、姨妈董效到来之后，她们三个人经常做的一件事就是聚在一起，同仇敌忾地研究防范和对付父亲的办法。

我当然无法做出判断，究竟是谁更加伤害了谁。我只记得从小他们就互相碾轧，互为石碾子。他们互相只能给予伤害和痛苦，而且殚精竭虑地有所作为——怎样能够多往要害处给对方一点伤害，以求得多一点胜利的喜悦。你伤我一分，我伤你十分，当然是我胜了。父亲曾经给过母亲他已经登记作废了的旧图章，作一切收入由母亲做主状，母亲立即喜笑颜开，如同苍天降福。而等到母亲去领薪的时候，才知道是上当受骗。

母亲下了狠招，她的一个直捅死穴的做法是搜集父亲交往的学界教育界人士乃至名流的名单名片，然后她一个个地突击拜访，宣称父亲如何不负责任，如何使妻儿老小陷入饥饿，如何行为不端。

这时候我们已从大翔凤搬至西城的南魏儿胡同 14 号。最可怕的事情似乎发生在这个院子里。父亲住在北屋，墙上挂着郑板桥的字（拓印）"难得糊涂"。这幅字几十年后我在德国汉学家傅吾康的汉堡家中发现了，当然是父亲送给他的。我相信，父亲没有少向傅教授借钱。

有许多发生在这所住房的场面至今令我毛骨悚然。父亲下午醉醺醺地回来。父亲几天没有回家，母亲锁住了他住的北屋，父亲回来后进不了房间，大怒，发力，将一扇门拉倒，进了房间。父亲去厕所，母亲闪电般地进入北屋，对父亲的衣服搜查，拿出全部——似乎也很有限——钱财。父亲与母亲吵闹，大打出手，姨妈（我们通常称为二姨）顺手拿起了煤球炉上坐着的一锅沸腾着的绿豆汤，向父亲泼去……而另一回当三个女人一起向父亲冲去的时候，父亲的最后一招是真正南皮潞灌龙堂的土特产：脱下裤子……

河南作家张宇有一句名言，你想找农民吗？不一定非得去农村，你所在的大学、研究所、领导机关、外事俱乐部……哪里不是农民？哪个教授，哪个艺人，哪个长官，哪个老板不是农民？信哉斯言！

写下这些我无地自容。也许这是王蒙的白痴，也许这是忤逆，是弥天的罪，是胡作非为，哪有一个人五人六能这样书写自己的父母，完全背弃了避讳的准则。是的，书写面对的是真相，必须说出的是真相，负责的也是真相到底真不真。我爱我的父亲，我爱我的母亲，我必须说到他们过着的是什么样的生活，我必须说到从旧中国到新世纪，中国人过的是什么样的生活。不论我个人背负着怎样的罪孽，怎样的羞耻和苦痛，我必须诚实和庄严地面对与说出。我愿承担一切此岸的与彼岸的，人间的与道义的，阴间的与历史的责任。如果说出这些会五雷轰顶，就轰我一个人吧。

南魏儿胡同 14 号，父亲住北屋，姥姥和二姨住东屋，我、姐姐和母亲住南屋。院子里有一座大藤萝架，春天开着紫花，香气扑鼻，藤萝花可以和到面团里加上白糖做蒸饼。花开了结成大荚，那样雄壮和辉煌的大荚却没有用场。我小时候常常计划长大以后研究和开发藤萝荚。

有什么办法呢？在各种可怕的事件发生的同时，我保存着对于藤萝小院的欣赏，保持着开发藤萝的幻想。这才是王某。

高商校长之后，父亲到北师大与北大任讲师。后来此职也被炒。我们搬到了附近的受壁胡同 18 号。父亲后来离开了北京。在兖州、徐州短期任教，后来到了青岛，任李庄师范学校校长。可叹的是在倒霉的时候，父亲在家里的表现好多了，说话和气，点头哈腰，作揖打躬，唯唯诺诺。母亲、二姨、姥姥，都庆幸父亲的"改邪归正"，还用了些"浪子回头金不换"的熟语以资鼓励。乡亲们也说是岁数再大一点自然就会好了……而只要他的情况好起来，他与家属的矛盾就进入白热化的阶段。原来，人的各种问题各种麻烦的出现，恰恰是自身的处境改善了好多了的表现，岂不悲哉？

正是在中国，人们常常会把修身、齐家、治国与平天下视为一体一揽子，也只有在汉语中，国家——古代更多的是叫家国——一词中，既包含着国的意思也包含着家的含义。我就是从自己的家中知道了什么叫旧社会，什么叫封建，什么叫青黄不接的社会转型，知道了历史的过渡要人们付出多少代价，承受多少痛苦。以为不必革命，只要好好地念《三字经》《弟子规》就能秩序井然地过太平日子，这样的人是太白痴啦。

四、精彩与荒谬

应该是一九四四年，春节前夕，父亲托人给家里带来了信与年货。信里有一个重要的叮嘱，就是要注意洗澡，每天都要洗，可以洗一次，也可以洗两次。他带来的礼物尤其辉煌：一个是一盒巧克力糖，从包装到味道对于我们与其说是神奇，不如说是匪夷所思。另一项礼物就太伟大了，是商务印书馆出的一套玩偶：白雪公主与七个小矮人，彩色，木质，有底座；可以放在地上，另有一个木槌，一个弹子，玩时用木槌打弹子，看能击中哪个木偶。它们确实在我与姐姐眼前打开了一个神奇的世界。

是不是这次我记不清了，他还给我们买过拼贴图形的日本原版的"活动变人形"，色彩十分艳丽。一本书，上、中、下三部分，都可以翻页。三页分别是人体上、中、下三部分的图形，这样不同的翻页带来不同的人形。说实话，这并没有使我感到兴趣，我甚至对于这样的任意组合心怀忐忑。

母亲恨得咬牙切齿。对于急需日用补贴的母亲来说，父亲的行为几乎是一个挑衅，是与妻儿、与家庭、与现实、与生活的决裂。她给父亲起的绰号是"外国六"，是"猴儿变"，前者说他脱离国情，全盘西化；后者说他一会儿一变，像一只猴子一样不可捉摸，靠不住。后来，母亲的评说更加厉害，说父亲是"社会一害"。而父亲对母亲和她的母、姐，则称为"三位一体""愚而诈"……

母亲在京有两位乡亲，一位孙姓经商，一位张姓行医，这两个人都是母亲心目中的男人典范，正当职业，稳定收入，夫妻和睦，顾家顾子……在一次吃饭的场合，母亲委托了其中一人教训父亲，据说还动了手。这些最最沉重的经验我写到《活动变人形》里边去了，但是我要说明，倪吾诚自杀的情节并非父亲的亲历。

在我的童年，我有多次被母亲带出去进行公关活动，拜访乡亲和父亲的朋友（其中我记得的有德语学者、北师大的一位系主任余天休），谈话内容两方面：一个是父亲不管家，她带着两个（后来是三个、四个）孩子过日子如何困难；二是请求接济，形同乞讨。我则以自己的聪慧、乖觉与营养不良加强母亲的话的可信性与动人性。没有固定收入的五六口人生活在北京（后为北平），居然一直活了下来，确也算奇迹。母亲的活动的中心围绕着生存，围绕着防止家庭的崩溃。父亲提过离婚，但是母亲只要一说赡养费的事情父亲就透心凉了。与此同时，孩子从两个变成了三个，又从三个变成了四个。这不但尴尬，而且……我无法再写下去。

在可怕的南魏儿胡同，在父亲房间里我看到过他留日期间的日记，对不起，我当时只有六七岁，我不懂得尊重隐私。有两页给我留下了印象：

一页上写道："昨夜宿于日本暗娼家……"

一页上写道："收到玉兰来信，既无情感，也无问候，只是要钱，奈何奈何？"

看得我心惊肉跳。同时我下了决心，一辈子不做父亲那样的人，不做对不起女人的事。我那时就懂得了怎么样正确运用反面教材了。

父亲的用品里有两样则很可喜。一个是"燕京八景画册"，使我早就知道了"卢沟晓月""琼岛春阴"等说法，产生了对于北京的感情。至今我保有这本画本。还有一个椰子壳做的茶罐，上面有日文字与富士山的素描，是父亲从日本带来的吧，这个罐子一直保存到解放以后，后来自身老化裂开了。父亲还挂过一幅油画，画的是天坛祈年殿，白云蓝天，对比得有些生硬，但非常真切，据说画家是一位哑人。

父亲喜欢读书，有时是整天读书，喜欢喝茶，我则受母亲影响曾经认为喝茶属于奢侈，并质问父亲既然经济困难为何不喝白开水。同时，我也觉得整天读书太枯燥太呆板。

父亲常走路散步，骑过马，更是游泳的发烧友，解放后的夏天，他几乎每天有两三个小时在游泳。他带我在颐和园南湖五月中旬就下过水。

父亲不会唱歌也不懂音乐，一次我要他唱歌，他的五音不全的声调实不敢恭维。但是我的童年还是有机会从父亲处得到老志成的国乐音乐会与白云生的京昆表演的票。从前者，我记住了"汉宫秋月"与"高山流水"的曲目名称，但是对旋律没有印象。

父亲喜欢结交人，见了谁都热情主动打招呼，攀谈，以至有时我与姐姐觉得他太殷勤，有失尊严。我们向他提出意见，他很沮丧，也很不以为然。他大概认为，他与人打招呼而对方对他冷淡，应该责备的当然不是他而是对方，打招呼是一个文明，冷漠才是装腔作势，是野蛮。解放后五十年代他喜欢引用的是赫鲁晓夫的话：对人冷淡是犯罪。

父亲喜欢喝咖啡，但是上世纪六十年代有一次朋友问我怎么样煮咖啡，我去问父亲，父亲不能回答有关煮咖啡的任何技术问题，看来，他没有条件在家里煮咖啡，他只是喝过端上来的咖啡罢了。

父亲喜欢讲哲学，讲苏格拉底、柏拉图、黑格尔。他的生命后期绰号王尔巴哈。我问他什么是哲学，他的回答是罗素说过，哲学是在一间黑屋子里寻找一只黑猫，而这只黑猫并不存在。据一个我认识的朋友说，父亲讲课不是很成功，他说得乱，没有重点，没有主线。

父亲严厉抨击故乡，专门给我讲家乡的愚昧、落后、残酷。从小手淫和吸鸦片。地主女性最喜欢的就是调查别人的隐私：叫作听窗户根儿……他表示理解用各种不文明的手段在土改中对付地主婆，例如把一只猫放到地主婆的私处。

父亲崇拜科学，在全家断粮的情势下，他得到一点钱先买一件温、湿度计，认为这种东西有科学含量。解放后我送给过他一瓶鱼肝油，他狂喜地大喝不止，喝得腹痛腹泻仍然兴高采烈。

父亲突然喜爱艺术了，虽然他自称不懂"风花雪月"。他为妹妹王鸣报过京剧班儿的名，幸亏没有录取。对不起，他更注意的是减少子女的生活与教育开支，我以为。

然而父亲一辈子没有坐过飞机，自日本留学归来后再没有出过国门，没有过一笔存款，最后他离世的时候，连一块属于自己的手表都没有。

我曾经抱着沉痛、同情却也是轻视与怜悯的态度回顾父亲的一生。我认定他一事无成。只是在老父弃世以后许多年，我的一个异母弟弟在父亲的墓地上说了一句话，他说父亲的一生的最大贡献就是走出了龙堂村，他说父亲的墓碑上必须写上龙堂的字样。走出龙堂并不容易，父亲说家乡的地主最希望的是孩子早早吸上鸦片，这样就一辈子不会离开乡土，不会受新潮尤其是革命潮流的影响了。

我很震动，这可是不得了啊。如果没有走出龙堂村，王蒙的一生会是什么样子呢？就算你有天大的本事，你能混成什么样呢？机遇呀，天地呀，空间呀，平台呀，谁能掉以轻心？

谢谢了，亲爱的爸爸，你的追求虽然不果，但是你毕竟为我们创造了最起码的条件。廉价的取笑与抹杀前人的努力，就是有罪，就是理应得到生活与历史的惩罚。这样的惩罚自然就活该天公地道地落到我王蒙的头上。

五、慈祥与温暖

我的四个长辈父、母、姨和姥姥都极爱我，我从小生活在宠爱之中。五岁时一次父亲带我去看牙齿，等候上公共汽车的时候，他说要去取一点钱。然后他去了一个地方，过了一会儿他出来了。我记得他本来戴着一顶西式礼帽，但现在没有了。我问他的帽子哪里去了，他不回答。然后我记得他带我去了牙科医院还磨洗了牙齿。后来我指着那个父亲取钱的地方对母亲说，这是父亲取钱的地方。母亲连忙喝止。后来我识了字才知道那里写着的招牌是"永存当"三字。

父亲和我与姐姐玩搏斗，我们规定谁要输了就举起小拇指，我与姐姐拼命攻击，往往都是父亲认输。

只要买到好吃的或带我们到了餐馆，父亲就说，他像是一只老母鸡，最高兴的就是叫了小鸡来吃它找到的虫子。

我们从小就有一个印象，父亲不好，母亲好。这方面母亲给我们天天灌输。我们对父亲的态度经常不那么好。父亲和我们在一起经常要教育我们，怎样说话，怎样道谢，怎样行礼，怎样端正坐姿、立姿与行走姿势，必须纠正"八字脚"，还有怎么样待人接物。为此我们觉得自尊受到侵犯，而且产生反感，素日不给我们做饭，不给我们做衣，不管我们的功课，不与我们生活在一起的这个人，一见面就教育，多么讨厌！

母亲则多半是为孩子们服务。一次我吃面条，我说太咸了，不吃，母亲就放醋，醋又放多了，更不好吃了，我哭了起来，母亲的表情像犯了大错误一样，一再向我抱歉。这个事我长大后后悔莫名。

我有时感到饥饿，母亲就用白面做成糊糊加上红糖给我吃，我也被理解成被说成爱吃糨糊。还有一种最简单的食品，把馒头或玉米面窝头切成小块儿，放一点葱花、酱油、香油，拌着吃。

我已经记不清我是说过什么话了，母亲认为我说得太狂妄太"不孝"了，便忽然与二姨联合滔滔不绝地向我进行起教育来，天色已晚，我都快睡着了，还在教育着，我感到极其疲劳。我从小就知道，疲劳教训，只能制造灾难。

姥姥带我去白塔寺庙会，买药给我点（杀）瘊子，用一点类似稀释的硫酸之类的东西，抹到瘊子上，如火烧般疼痛。几天后，这粒瘊子消失了，脸上多了一个小坑，别处又长出了几粒瘊子。

我们基本上住在西城，西四——平安里一带。白塔寺、护国寺，给我的童年带来许多欢乐，大声吆喝着（像侯宝林相声里说的那样）卖布头儿的，卖红绒花（春节时戴）的，卖空竹的，卖糖葫芦、大茶壶沏油茶（油炒面）和茶汤的……花样很多。还有练武功卖大力丸的，最可笑的是我记得有一次卖野药者举蒋介石与宋美龄的例子来推销大力丸，大意是蒋那样忙碌，需要温存，故而需要大力丸。天桥有名的唱戏人"大妖怪"也在白塔寺唱过戏。那座藏式白塔也很好看。我的姥姥董于氏常常带我去这些庙会去玩……你依恋童年，你依恋生命，于是你回忆这一切，使所有的寒酸都变得温煦，所有的匮乏都变成纯朴，所有的恶劣都变成别具一格；何况光阴的逝去确实带走了一些美好的一去不复返的东西。

对过去白塔寺、护国寺庙会的兴奋也给我带来了灾难。一次看过庙会上的"练把式"（功夫表演），回到家我便在床上耍吧起来，一阵头重脚轻，倒栽葱跌了下来，脸摔到了一个瓦盆上，受了不止一处伤。还有一次直接栽到地上，砰的一声，几乎晕了过去。

我第一次书法作业写"红模子"，现成的纸上印着红字——"一去二三里，烟村四五家，亭台六七座，八九十枝花"，学写字也学数数，历代的孩子们这样写下来，亲切而又古远，你觉得中国儿童上学也是源远流长，铭心刻骨。那时候没有这么多现成的墨汁，有墨汁也是奇臭难闻，那个时代的防腐剂甚不发达。小学生先要研墨，对于生手来说，研墨已经搞得到处是黑迹了，再用毛笔将红字涂黑，偏偏笔头是想东偏西，自己拐弯出岔，完全不听使唤，我急哭了。姥姥便佘太君亲征，捉刀代笔，没想到她老人家的描红模子的水平比我强不了多少，弄得我们俩一脸黑一手黑，纸上也是黑迹斑斑。最后由于二人用力太过，毛笔头也掉下来了，便去买松香粘笔头。我更加焦躁起来，怎么样收的场，已经不记得了。

离家不远的北沟沿（现名赵登禹路）路西有一家小文具店，姥姥称为"高台阶"。要上很高的台阶，铺面进深极小，堆满纸张，一进屋就是浓烈的文具味道与白纸的耀目的反光。我的受教育离不开这座高台阶商店。

姥姥没有上过学，识字有限，但是能背诵千家诗："云淡风轻近午天，傍花依柳过前川……"更喜欢背："眼空蓄泪泪空垂，暗洒闲抛知向谁。尺幅鲛绡劳解赠，叫人哪得不伤悲……"这是林黛玉的诗，"知向谁"云云，现在一般作"却为谁"，"哪得不伤悲"，现在则多为"焉得不伤悲"了，不知是姥姥背诵有误还是另有所本。

二姨念的唐诗则是："打起黄莺儿，莫叫枝上啼。啼时惊妾梦，不得到辽西。"想到二姨从十九岁守寡的特殊经历，此诗令人欲哭无泪。

姥姥和二姨吟诗有一种特有的调子：

多——拉多拉——梭～～拉，
米米瑞～～米梭梭米瑞～～多多，
瑞瑞～～多～～瑞米～～梭——瑞～
多瑞米梭～～瑞多拉～～多梭——

旋律虽然平板，但仍然有一种烦闷和哀伤的感觉。

二姨似乎在她们三个人当中最有"才华"，她的毛笔字写得不错，最喜读书，有一点小钱就去租书摊租书，张恨水、耿小的、刘云若的言情小说与郑证因、宫白羽、还珠楼主的武侠小说都看。二姨说话常带流行小说语言，如冤家宜解不宜结，如冤家路窄、血海深仇……但是我不明白，为何二姨长期将"路见不平拔刀相助"读成"拔力相助"。

二姨常常辅导我的作文，有一次作文题是《风》，描写了一段飞沙走石的大风以后，结语处二姨增添了这样一句话："啊，风啊，把这世界上的一切黑暗吹散吧！"我完全不明白写风为什么要牵扯到世界与黑暗，也不知道到底世界与黑暗是什么意思。但是我的作文的结语处被老师画了许多红圈，显然二姨代笔的警句，大受赞赏。

二姨也受过"五四"以来的新文学的影响，提起冰心、庐隐、巴金、鲁迅，她都极表尊敬。在辅导我的作文时二姨也很喜欢用一些新文学的词，如"潺潺的流水""皎洁的明月""满天的繁星""肃杀的秋风""倾盆的大雨"等。但她们对我的教育，则主要是传统文化，她们多次引用的格言是：满招损，谦受益。知之为知之，不知为不知，是知也。世上无难事，只怕有心人。家有良田千顷，不如薄艺随身。读书破万卷，下笔如有神。读书深处意气平。只要功夫深，铁杵磨成针。

父亲的教诲则显然属于新学、西学范畴：关于健康、关于礼貌、关于社交、关于公共场合的行事规则等。

二姨吸烟，喝酒。吸的是几分钱一包的"珍珠鱼"，喝的是散白酒。她爱说的是："我无夫无儿无女无房无地无钱，我只有这一口烟和酒啦。"

二姨常常自言自语，眉飞色舞。尤其是她早晨洗脸梳妆的时候，她像一个仪式一样地自言自语乃至痛骂啐唾沫好半天，令人惊心动魄。二姨经常梳卷头，用刨花水定形。她直到五十九岁在新疆辞世，她的头发仍然是黑色的。二姨喜欢擦粉，被我母亲戏称为"大白脸"，她擦成大白脸的时候样子吓人，像鬼，擦白以后再洗净，我不懂这是一种什么样的化妆术。

我常常为自己生活在这样一个家里而感到幸福，就像有时感到不幸一样。最大的幸福是我们家的孩子不挨打，最多是挨骂和听受训诫。我们住在受壁胡同18号的时候，里院正房住着一家白姓人家，他们有姐弟许多孩子，大姐叫白洁慧，一个弟弟叫白洁莹，一个堂弟叫白洁玺。他们家的对儿童的体罚我也为之丧魂失魄。尤其是姐姐洁慧的挨打，还没有开打已经听到杀猪一样的叫声，据说是要跪下来打屁股，用木板直到藤条抽打。那种呼天抢地的声音，也许差似日本宪兵队的刑讯室。有时候体罚在入夜后进行，我已经入睡，一声惨叫令我发抖。有时候第二天我看到了挨打者的鼻青脸肿与羞耻恐慌的神情。说是挨打是由于逃学或者考试不及格。这更使我知道学习的重要性与严肃性了。里院的打孩子竟然也对我们产生了杀鸡吓猴的作用。此后，我也想，谁说"五四"新文化运动在我们家收效甚微呢？起码做到了我们这一代人不在家里挨打。

而且，我们家的人，我要说是国人，都特别讲感情，讲抒情。争吵的时候不共戴天，什么难听的话、杀人的话都讲得出来，而又时常感觉到亲情，感觉到谁也离不了谁；甚至感动起来说许多惭愧和动情的话、傻话，并且能及时归因于此前的冲突是受了挑拨，找出一个顶缸的祸首来。

六、如同梦魇

我常常问我自己，说还是不说？作为一个写作人，稍稍美化一下自己的长辈，避开那些太沉重、太屈辱、太丢人的事情，是不是伦理的义务、起码的准则？

有多少写作人，写起来义愤填膺，横扫千军，时日曷丧，与汝偕亡！多少写作人是冤情如海，怒火如炼狱。多少写作人是人人对不起他或她，是整个世界对不起他或她。写作人就没有做过对不起旁人的事吗？不就是依仗着一个笔几个字一些绝妙好词儿把自己打扮成苦主，而把有关的人装扮成魔鬼？

多少人在要求别人忏悔呀，却并不用自己的真诚忏悔带动他人，不想从自身做起。这本身已经有些滑稽，当然也有他的道理。

在所有的灾难过去以后，人人成了冤屈者，人人在那里吐苦水和揭发旁人。有几个写作人能够做到我不入地狱谁入地狱，能说出关于自己的实话来呢？而不管你写得多么伟大勇敢挑战点火如旗杆如大纛如昆仑、喜马拉雅，如果你对自己的事讳莫如深，你的话还是可信的吗？

比如当年写信求见、见完了又给受自己托付帮助联系求见者的友人写下了感激涕零的感受的一位人物章女士，等到迎合潮流揭出了点玩意儿，从而颇有响动以后，立即用一种傲然青松的口气讲自己求见的故事了，而且换一个腔调嘲讽自己当年巴不得一见的人，这样的人是硬骨头还是信口雌黄的小贩呢？

我的回忆面对祖宗，面对父母师友，面对时代的、各方的恩德，也面对着历史，面对未来，面对天地日月沧海江河山岳，面对十万百万今天和明天的读者；就算我说出了最真实最深入的东西了，仍然是不够真实、不够深刻的，我永远做不到百分之百，我仍然感到对不起读者和历史。我怎么能只说对自己有利的那一点呢？我怎么能有意隐瞒，有意歪曲呢？如果我承认我做不到百分之百，难道我可以放弃说出来的努力吗？我必须说出来，我必须告诉你们。

我少年时曾为诗："在我们的奇异的家庭里，有太多的纷争，也有太多的亲密……"

可怕的不仅在于父母的纠纷，而且，在父亲不在的时候，被称为"三位一体"的相濡以沫的三个长辈也常常陷于混战。为什么战我已经说不清了，当然很重要一点是钱；愈是困难就愈怕旁人占了自己的利益。还有那种高度紧张、警惕的精神状态，父亲称之为性恶论，每一句话都可能是欺骗自己的谎言，每一分钟都有被最亲近的人"攥"了的可能。

记不起原因，但是我记得她们对骂的场面与言语：她们跳起来骂——出门让汽车撞死。舌头上长疔。脑浆子干喽。大卸八块。乱箭穿身。死无葬身之地。养汉老婆。打血扑拉（似指临死前的挣扎、搐动）。有时是咒骂对方，有时是"骂誓"，是说对方冤枉了自己，如自己做了对方称有自己辩无的事，自己就会出现这样的报应，而如果自己并未做不应做的事，对方则会"着誓"，即不是自身而是对方落实种种可怕的场面情景。骂的结果，常常她们三个人也各自独立，三人分成三方或两方起灶做饭，以免经济不清。这母女三人确实说明着"他人就是地狱"的命题。

当然也常常反省，有一次三个人到老家去了，下火车时失散了姥姥，两个人回到北京家中，却没了她们的母亲。两个人极其不安，挂念、寻找"咱娘"，最后娘回来了，三个人抱头痛哭，一面哭一面发誓，以后再不吵架了。当然，以后，仍然会为一个莫须有的小事大吵大闹，如同死敌。

　　不但三人间吵，甚至骂到邻居。由于怀疑或者确实是邻居（恰恰也是沧州同乡）说了自己的坏话，隔墙大骂。邻居的女儿是我的同学，也在解放前夕参加了革命，解放后很小的年龄，嫁给一位著名的革命领导干部与学者。后被划为右派，"文革"初期自杀。她的故事，我写在中篇小说《蝴蝶》的海云这个人物上。

　　我还要说，骂仗甚至发展到我的姐姐和妹妹身上，以最仇恨的言语给儿童以毁灭性的毒害。读者还记得《活动变人形》里的女孩倪萍的故事吗？

　　家庭成员中处境最优越的是我，所有的长辈，不管他们之间有什么样的冲突，都宠爱我，所以我就有了几分超脱和高雅，有了几分（对长辈们的）怜悯和蔑视，有了几分回旋余地。一个落后的野蛮的角落里的宠儿，这就是童年王蒙。

　　她们多次为家事见官。在沧州，姥姥曾经过继过一个儿子，名董福元。后来姥姥与两个女儿认定此子不好，上了法庭与之断绝关系。我听她们不无骄傲地回味姥姥穿着绸子袄裤"过堂"的场面。解放后，为赡养费用的事母亲与父亲过过堂，为经济纠纷，母亲与二姨及姥姥也上过派出所或过过堂。她们都能直捣要害。在一次冲突中，母亲指出姥姥是地主，而二姨指出母亲的儿子即王蒙是右派分子。

　　我不认为这只是一个家庭、一组人物的故事。早在明代，我国已经有人提出社会上广泛存在的戾气问题来了。古老的中国，积累了光荣也积累了屈辱，积累了灿烂也积累了乖戾，积累了文明也积累了野蛮，积累了事功也积累了压抑，积累了辉煌也积累了痛苦。而新学、西学的冲击，呼唤着悲壮的先行者也呼唤着皮相的浮躁，激发着志士仁人也激发着大言欺世，造就着真正的猛士，也造就着悲喜剧的唐吉诃德——搅屎棍；已经许多代，许多年了。

父亲喜欢说一句话："藏污纳垢。"他确认旧中国的每个角落每个家庭每条街区或者乡镇，都藏着太多的"污泥浊水"，后面四个字是毛主席喜欢用的。所以他认同风暴，认同反封建，认定封建罪恶就在家里，就在故乡。他赞成动大手术。不论他以多么可笑的方式，他确实欢呼天翻地覆的慨而慷。至于风暴的代价，风暴的曲折，风暴过去以后应该怎么样创造富强、民主和文明，他已经没有能力去思索了。正像他这个人，他有伟岸的身躯，几种外语的应付，然而他的腿是罗圈的与细瘦的。企图创新的人其实也是旧环境下出现的。果然，他晚年摔折了腿。他的悲哀不仅在于他受到了封建包办婚姻的折磨，而且尤其是，解放后在我的一手帮助下，他相当文明地办好了离婚，他的自由恋爱的婚姻的荒谬性痛苦性一点也不次于原先。这回对方不是沧州人而是北京的真正市民了。同样的全武行，同样的咒骂，同样的一次次离婚手续的进行与无法进行。他的思想与知识达到的地步与所处的现实、生活与人、修养与能力、条件与环境、气质与情操、对象与位置却永远差着十万八千里。他永远是南辕北辙，缘木求鱼，自投罗网，自取灭亡……悲夫！

已经因病偏瘫的后一位伴侣，在父亲晚年又跛又瞎的时候，她坐着轮椅到住家附近的所有小铺，嘱咐他们切不可允许父亲赊账，切不可卖给父亲好烟，哪怕父亲带着现金。父亲受了龙堂的野蛮、沧州的野蛮的害，他自己也毫不留情地害着人。后来他受到了启蒙主义自由恋爱全盘西化的害，也受了本质上无大区别的北京市民的害并害了人家。他从来没有得到过幸福，没有给过别人以幸福。

母亲晚年常常叹息："你看人家冰心、宋庆龄这一辈子！你们看我这一辈子。干脆嘛也不知道就好了，我知道了一点了，但是我什么也做不到！我这一辈子没有一点高兴，没有一点安慰，没有一点幸福！为什么，为什么我要这样过一辈子啊！"

我不明白她为什么要与冰心与宋庆龄比。我更不明白，为什么我断定她不应该不可以与冰心宋庆龄比。

我明白无误的是：我的父母辈这一代中国人，他们生活得实在太痛苦。我还发现，对于多数俗人来说，没有比家更甜蜜更温馨更可爱的地方了，不论遇到什么凶险，你一回家，就舒服起来，放松起来了。同时，也没有比家更肮脏的了。关于后者，我不必再给读者多解释什么了。

爸爸！妈妈！在你们活着的时候，我没有好好地照顾你们。在认定自己是革命者以后，我对你们更多地采取批判的态度。呜呼！污垢并非一次风暴能够荡涤干净，罪的脉络罪的根是一代代延续下来的。我现在只能为你们痛哭一场了。你们的痛苦的灵魂，在天上能够安息吗？

七、好孩子，好学生

儿时，在香山慈幼院幼稚园（今称幼儿园）学过两年。那时家住西城，所选的这家幼稚园位于北沟沿地王庙，后来此地改为女三中，后为一六六中，直到改革开放的年代，此地收归文物园林部门，改回地王庙去了。不知能否在旅游创收上有所成绩。

一次幼稚园教跳"皮匠舞"，我的动作老是不对，我很早就知道自己跳不了舞。我相信这是旧社会的封闭匮乏和教育的不完善，长期营养缺乏造成了我的许多方面的低能与发育不良造成的后果。

我小学在北师附小。北师是北京师范学校（中专）的简称，现已不存。当时认为这是一个好学校。邻近的一个煤球厂的工人的孩子名叫小五儿，他几次想考这个小学，硬是不录取，他后来只好去上我们称为"野孩子"上的西四北大街小学。

北师附小的学生看不起煤球工人的孩子，见了小五儿就唱道：

小五儿，小六儿，
滴零疙瘩儿炒豆儿。
你一碗儿，我一碗儿，
气得小五儿干瞪眼儿。

我是在差一个多月不满六岁时上的小学，我瘦弱，胆小，一下子不甚明白学生的角色要求。一年级的两个学期，我的考试成绩都是全班第三名。家长怕我在学校受欺侮，告诉我有事就告诉老师。我变成了一个喜欢"告老师"的不受欢迎的孩子。有一次告老师的结果是老师不去过问被我告状的孩子，而是先让我罚站，站在自己的位子上。我不耐烦了，便问老师我何时才能坐下，受到老师的呵斥，最后总还是坐下了吧，我认为这是一次十分重要的教训。记住：过多告状的结果很可能不是整了被告，而是使自己烦人、讨嫌。"老板"喜欢的永远是替他分忧的人而不是给他找事儿的人。

二年级时我渐渐显出了"好学生"的特点，我的造句，我的作文，都受到华霞菱老师的激赏。我又极守规矩。有一次全班男生与女生骂起架来，无非也是因为女生爱告男生的状。只有我一个男生不参加战斗，于是几个大个子女生把我搂到怀里，引为同道。不知道这算不算我的耻辱，想起来倒也还有几分甜蜜。

我两次受到华老师的保护性教育。一次我与另一女生在写字课上没有带有关文具，按老师宣布的纪律，我俩应到教室外罚站。女生说，王蒙是好学生，我一个人罚站就行了。我大喊同意。结果受到了深刻教育，我永远为之惭愧不已。一次是考试时偷看书本。华老师早已洞察，当时保留了我的面子，事后才进行了深刻教育。华老师对我的恩情我永志不忘。

另一次是在先农坛举行全市运动会的开幕式，华老师给我以殊宠，带我去参加，并在路上请我到一家糕点店里喝油茶吃酥皮点心。这样的经验我写在了《青春万岁》里，苏君请杨蔷云吃糕点。但是在运动会开幕式结束后观众挤成了一团，我与老师走散，我挤错了有轨电车，电车卖票的（那时尚无售票员的称谓）大喊"四牌楼，四牌楼"我就上了车，但我家住的是西四牌楼（现名西四，因牌楼已经拆掉），而此车走的是东四牌楼。下车到终点，是北新桥，我从来没有去过的一个地方。我知道走错了，初冬，冷风刺骨，肚内没食，我很紧张。于是我当机立断，唤了一辆洋车（骆驼祥子拉的那种双轮人力车），报出了家的详细地址，车夫为我放下了棉帘保暖，四十分钟后拉到了家门口，母亲正心急如焚，见我回来自然大喜，付了车费，并表扬了我的处理意外事件的应变能力，特事特办的能力。一般情况下我当然不敢自作主张叫车。

从二年级，我次次考试皆是全班第一。小学三年级有一次作文，题目是《假使》。我乃作新诗一首，其中有这样的句子：

假使我是一只老虎，

我要把富人吃掉……

这种左翼思想的萌芽，说来也简单，起因于我们家太穷。

三年级我首次参加讲演比赛，题目是"怎样做一个好学生"，讲稿是二姨为主帮助起草的。内容是要身体好、品行好与功课好，大致与新中国的三好学生标准思路一致。我的一个突出感觉是上了讲台，我的妈，底下那么多脑袋，那么多黑头发和黑眼珠。我想成败在此一举，我必须控制自己，大声宣读讲稿，我做到了这一点，至少在发声方面取得了胜利。这是我在公众场合讲话从不怵头的开端。

三年级，原级任（现称班主任）沈老师走了，全班女生痛哭，我没有哭，我不知道一个级任教师的变动有什么必要动感情。不知道这是不是反映了我的理智、冷漠乃至无情的另一面。

刚刚从北京师范大学毕业的佟老师接任。她把我叫到她家去看她的戴着学士帽的毕业照，并布置我把头一学期的全部作业重新抄写一遍，说是教育局要给全市若干优秀生发奖学金，本校准备上报我。为此我十分辛苦，完成了任务。家长对于我获得奖学金的可能性也十分欣喜。最后，没有评上。这也是很好的经验与教育，即使是"好学生"也不可能事事心想事成。有成有不成，才是常理。其实这时我已经充分享受了好孩子、好学生能够带来的一切精神与物质上的好处。年年免学费，老师另眼相待，家长笑口常开。

也有马失前蹄的时候。有一次下午上课以前，班上一位同学抓到一只小鸟，不知怎么办好，我兴冲冲地拿过来放入课桌。等到上课后，需要拿出课本与作业本，我一掀桌盖，嗖的一声飞出一只鸟，全班哄堂，老师大怒，命我站立，斥道："太放肆了！"我的这个"犯错误"的故事，是我的保留节目，给儿孙们讲，他们是百听不厌。

有一两个女生，包括海云的原型，小性，北京歇后语叫作：乡下人不认识樱桃，小杏（性）儿！爱生气，有时与老师冲突，翻着白眼瞪老师，而另外的调皮鬼就会趁机生事，"老师，×××瞪您！"，偏偏老师还绝对不准瞪，于是会罚女生的站，会搞得不可开交。还有些功课太差或不敬师长的男生，常常受到老师的训斥乃至体罚与变相体罚：放学不准回家之类。这些事都使我很受刺激，并告诫自己，千万不能发生这样的事情。

也是三四年级的时候，一些男生突然对某个爱告状的女生捣蛋，成群结队地跑到此女生的家门口怪声怪叫。我参加过一次，尝到了某种捣蛋的类似吃禁果的快感。班上有一个油头粉面的男生，每次见到我都要亲我的脸庞，我是避之唯恐不及。我如果身高力大一些，早给他一顿饱打了。他喜欢讲一些下流话，说是某男生与某女生在北海山洞里"咕叽咕叽"。又传授说，要唱流行歌曲《花好月圆》："浮云散，明月照人来……"唱到"团圆美满，今朝醉"时正好搂住一个人亲吻之。他边说边示范，他的一切给我留下的是最令我作呕的一个恶劣经验。我认定，这是坏人，我不明白一个男孩子怎么从小就这样无耻和恶劣。我长大以后，绝对不做这样的坏人。

八、作诗与失眠

二年级后半学期，为了作文课的需要，我买了一本《模范作文读本》。给我印象最深刻的是范文中对月亮的描写，可以说，我从此对月亮有了感觉，有了情绪，有了神往。"皎洁""团圆""清辉""玉兔""一轮""一弯""如盘""如眉""浮云掩月""月明如水"……都使我沉醉入迷。从此我见到月亮就要凝视良久，就奇怪它的存在、它的形状和它的遥远。月亮使我突感寂寞，突然把自己与月亮与夜空联系起来对比起来，觉得相互都是无依无靠无道理无来头可讲，我与世界与天空与众星相距极为遥远，当然我自己极为渺小。

从看月亮我想不明白，为什么要有一个月亮，有星星，有天空，有白天，有黑夜，有我和家里的人，有那么多人。我是从什么时候有了对于月亮的知觉有了对于世界的知觉的，我是怎么成了我的，知道疼痛，知道亲爱，知道急躁，知道恐惧的。这个"我"是从哪里来，到哪里去，是怎么凑巧生到现在的中国的。为什么我不是唐朝生的？为什么我不是欧洲人？为什么我不是女孩？如果我是一只猫？一只蚂蚁？一条虫子呢？为什么打我我疼痛而打别人我就不疼痛呢？如果我没有出生，关于我的一切感受和愿望，也就什么都没有了。这一切都是不可解释的呀。

模范作文的另一个动人的主题是对于春天的吟咏。潺潺的流水，青青的草地，桃花杏花梨花丁香海棠都令我入迷。老舍先生说过他不喜欢潺潺一词，并说他不知道何谓潺潺。我喜欢潺潺则是因为潺字的形象使我联想起小溪流的波纹——不知道这会不会使真正的语言文字学家气昏。而从此，不论是黎锦晖的歌曲"桃花红，红艳艳，李花白，白淡淡"还是落华生的散文《梨花》，不论是南唐中主的"丁香空结雨中愁"还是温庭筠的"海棠花谢也，雨霏霏"，都使我有刻骨铭心、夺魄销魂之感。

模范作文中有几篇写母爱的文字，令我十分感动。有一篇是写自幼丧母的悲痛。我想起了幼稚园里学到的歌谣：

秋风凉，天气变，
一根针，一条线，
累得妈妈一身汗。
妈受累，不要紧，
等儿大了多孝顺。

我确实也多次看到入冬前母亲准备被褥衣服，缝缝连连的情景，到了吃饭时候为做饭而操劳的情景。我忽然想到，母亲是会老的，是会死的，我们所有的人是会老的，是会死的，是一定要死的。一想到死我就感到极大的压抑和虚空。

我立刻想到了养蚕的经验。姐姐比我大一岁半，小时候各种事多半是我跟随她，所以女孩子喜欢做的事我也常常参加，例如抓子儿、跳房子、踢毽……其中就有养蚕。每次遇到蚕吐丝的时候我就相当哀伤，因为从此蚕儿蛹儿蛾儿就在清楚地走向死亡，它们再不吃桑叶了。我想尽一切办法给吐丝的蚕给蛹给蛾子喂桑叶，当然没有效果。我亲眼看到一只只蛾子交配、雌蛾甩子，然后一个个枯萎死去，我完全无力回天。我知道明年从蚕子中还会孵化出大量的蚕儿，但是我清晰地断定，再有多少蚕儿也已经不是去年前年的"这一只"蚕儿了，这一只蚕儿已经一去不复返了，这很可悲。

我早早就深深体会着"春蚕到死丝方尽"的悲剧性，远远比"蜡炬成灰泪始干"更绝望，更无计可施。

雨后的蜻蜓、夜间起飞的萤火虫、夏天的蝈蝈与秋天的蟋蟀，我也常常哀其生命之须臾。我喜欢养蝈蝈听叫声与养蟋蟀斗蛐蛐。听说有人用一个葫芦把虫儿放到里头，别到腰上，温暖着它们，就能把它们一直养到第二年春天，延长它们的生命近两三倍，我多次想找这样的葫芦，没有成功。

那时候大雨常常带来胡同里的没膝积水。我叠一只纸船扔到水上，目送它被水流和风带走，我想它也永远不会再回来了。它会到什么地方去呢？它将经历些什么呢？我，它的制造者与牵心者，不可能永远陪着它，这也叫生离死别吧。

我问姐姐，你说死是怎么回事？姐姐平静地说——我不知道她为什么有这样的生死观——死就和睡着了一样嘛。

姐姐的话并没有减少我对于死亡的恐惧，却使我愈想愈觉得睡觉是一件可怕的事，果然，睡着了无知无觉，与死一次是一样的。我想的不是死像睡眠，而是睡眠像死。

我还想到我的身体并不健康，也许离死亡并不是那么遥远。一天晚上，我在一个神经质的状态中，喝了一大口极腥的鱼肝油，那时候的人认为鱼肝油就是最厉害的保健药品了。夜晚躺在床上，发觉一轮满月正好照在我的脸上，那时住的小平房，是没有窗帘布也安装不起窗帘的。月光再次使我感到孤独、神秘。我感到不理解这个世界，不理解自己和家，不理解生命的偶然和无助。我忽然想，如果就这样睡去——死去呢？我只觉得正在向一个无底的深坑黑洞，陷落着、陷落着再陷落着。我几乎惊叫失声，我不敢入睡。这是我有生以来的第一次失眠，第一次精神危机，大约只有九至十岁。

我在《青春万岁》中写到过一个人物的童年失眠，尊敬的恩师萧殷批道："儿童贪玩不愿睡觉是有的，不敢睡觉是不可能的。"大概我的这些经验只能说明自己的心理健康方面有问题罢了。

失眠没有造成太大的问题，我从此只知道人必须硬着头皮活下去，该吃就吃下去，该喝就喝下去，该睡就呼呼地大睡最好。许多问题是想不清楚的，想不清楚的问题还一定要想，就是有了毛病啦。

差不多与此同时，我热衷于背诵《唐诗三百首》，至今我认为此书是真正对我有益的少数几本书之一。治疗我的精神危机的方法便是学习、读书、背诵书。"春眠不觉晓，花落知多少"我读得明白，"床前明月光，疑是地上霜"我也懂。"蜀僧抱绿绮，西下峨嵋峰"与"吾爱孟夫子，风流天下闻"我则不解其意，但也兴高采烈地背诵得紧。"返景入深林，复照青苔上"，王维的句子我略有所感。另两句"劝君更尽一杯酒，西出阳关无故人"我则感受真切，离别是很遗憾的喽。张九龄的"海上生明月"我也极欣赏，虽然那时我并没有看到过海，也不知道海上月出的情景。

大概与读古书有关，我相信画画也是极风雅极有味道的事情，于是我买了《芥子园画谱》。我画马，画竹子。竹子画得怎样，记不清了，马则画得与老鼠无异。但我还是大模大样地为画马题诗一首，时年十岁：

千里追风谁能匹，长途跋涉不觉劳。

只因伯乐无从觅，化做神龙上九霄。

我至今也说不明白为什么写一首这样的酸溜溜的诗，有人还夸我气势不凡，我相信我这是带有模仿意味的学大人话，希望方家能帮我找出出处来。

却也有几分意思。一个是自吹与自信。一个是速率效率，千里追风也。一个是韧性，长途跋涉嘛。一个是终于未能有多大用处，只能上九霄自慰自遣，如果不是自欺欺人的话。

我家有过在报子胡同甲3号小住的经历，这里有一个废弃了的后花园，有假山石，有竹子，夜间，竹叶的影子映在窗户纸上，在这样的条件下，我居然没有能够成为郑板桥，只能证明我是一个美盲。也是，从上小学，美术作业都是得"乙"或"丙"，只有一次得过"甲"，是拿姐姐交过的作业，改头换面，用水彩抹掉原署名与给分的痕迹，作弊交给老师的。

反过头来只能阅读。我背诵《孝经》《大学》《苏辛词》《花间词》，我背诵冰心与巴金，后来还有鲁迅的《野草》。汉语的平仄四声，抑扬顿挫，句式的罗列反复，论述的大而无当，文字的美轮美奂却无定解，都使阅读与背诵，变得如此快乐迷人控制人，如歌咏如唱赞美诗，如颂咒语如祈祷上苍。如"大学之道，在明明德，在亲民，在止于至善，知止而后有定，定而后能静，静而后能安，安而后能虑，虑而后能得。欲平天下者先治其国，欲治其国者先齐其家，欲齐其家者先修其身，欲修其身者先正其心，欲正其心者先诚其意……"

诵读这样的书又像是洗澡，淋浴一样的扑头盖脸，盆浴一样的拥抱全身，旋转按摩一样的舒筋活血，桑拿蒸气一样的代谢新陈。合辙押韵，步步高升，颠扑不破，翻过来倒过去都合身，如旧北京卖布头的吆喝：禁蹬又禁踹，禁拉又禁拽，禁铺又禁盖，禁洗又禁晒！

我也特别喜欢放假，每年夏天，临近假期，由于酷热，缺觉，考试，我都精疲力尽，憔悴不堪。一放暑假，先睡个好午觉，再赶上一场透雨，再逛逛北海公园与平则（阜成）门外，听蝉嘶，听水声，听鸟叫，再读读我喜欢读的小说故事，我感到欣喜若狂，我喜欢自己支配自己的时间，我喜欢休假——目的不在于嬉戏而在于读书。每年暑假开始的时候我都制定出令人狂喜、催人奋进的暑期生活与学习计划，而且执行得差强人意。放完假，我当真觉得自己的知识有所长进，乃至身体也有所发育了。这种喜欢自主度日，但并不懒散放任，尤其绝对不是消磨浪费时间的特点，可能至今保存在我身上。

九、我要革命

一九四五年八月日本投降，我的民族情爱国心突然点燃。同学们个个兴奋得要死，天天上五年级的级任郑谊老师那里去谈论国家大事。郑老师说到，抗日战争前，蒋提倡"新生活运动"，国家本来有望，但是日军的侵略打断了中国复兴的进程，等等，我们义愤填膺。我愈想愈爱我们的国家，我自己多少次含泪下决心，为了中国，我宁愿献出生命。顺便说一下，郑老师解放后曾经是全市著名的模范教师，一九五七年反右运动中，她也未能幸免。

也是这个夏季，我做出了跳班考中学的决定。我看了丰子恺的一幅漫画：画着三四个孩子腿绑在一起走路，走得快的孩子被拖得无法前行，走得慢的孩子也被拖得狼狈不堪。我竟从此画中得到了灵感，我认为我就是那个走得快的孩子，而学校的分班级授课的制度就是绑在孩子腿上的绳索。我拿过比我高一级的姐姐正在被教授的六年级课本，认定那些课程对我已经毫无新意。而且，早就有这样的事了，低一年级的我帮助姐姐做高一年级的作业。只是现在说起来有点吹牛的不安感。

我本来想报考离家很近的位于祖家街街口的市立（男）三中，那时是男女分校。排到了报名窗口，人家要小学的毕业证书，并明言不收"同等学力"者，我只好去考私立的以教会伦敦会为依托的"平民中学"（现四十一中），一考就中，而且上学后仍是差不多年年考第一。

日本投降后父亲从青岛回来了，暂时消消停停。一天晚上他往家里带来一位尊贵的客人，是文质彬彬的李新同志。当时，由国、共、美国三方组成的"军事调处执行部"正在搞国、共的停战。驻北京（平）的调处小组的共方首席代表是叶剑英将军。李新同志似是在叶将军身边工作。李新同志一到我们家就掌握了一切的主导权。他先是针对我刚刚发生的与姐姐的口角给我讲批评与自我批评的道理，讲得我哑口无言，五体投地，体会到一个全新的思考与做人的路子，也是一个天衣无缝、严密妥帖、战无不胜的论证方式。对于我来说，这是一个做圣人的路子，遇事先自我批评，太伟大了。自我批评一开始也让我感到有些丢面子，感到勉强，但是你逃脱不开李新同志的分析，只能跟着他走，服气之后——你无法不服气的——想通了之后，其舒畅与光明无与伦比。

紧接着李新叔叔知道我正在奉学校之命准备参加全市的中学生讲演比赛。比赛是第十一战区政治部举办的，要求讲时事政治的内容。父亲先表示对此不感兴趣。李新叔叔却说一定要讲，就讲三民主义与（罗斯福提出的）四大自由，主旨是现在根本没有做到三民主义，也没有四大自由。我至今记得我的讲演中的一句话：

"看看那些在垃圾堆上捡煤核的小朋友们，'国父'的民生主义做到了吗?"

无须客气，这次比赛的初中组，我讲得最好，连主持者在总结发言时都提到王蒙的讲话声如洪钟。但我只得到了第三名，原因当然是主办者的政治倾向。他们闻出了我的讲话的味道。我也学到了在白区进行合法斗争的第一课。

顺便说一下。代表我校高中生参加讲演比赛的是杨虎山，他在解放后一直从事外交工作，曾任我国驻利比亚的大使。

李新同志后来主要从事党史研究与著述，是著名的党史专家。作为我此生遇到的第一个共产党人，他的雄辩，他的真理在手的自信，他的全然不同的思想方法与表达方法，他的一切思路的创造性、坚定性、完整性、系统性与攻无不克战无不胜的威力，使我感到的是真正的醍醐灌顶，拨云见日，大放光明。

理论的力量在于与现实的联系。我满怀热情地迎接"国军""美军"的到来，兴奋完了发现人们仍然是一贫如洗。报纸上刊登的都是接收变"劫收"的贪官污吏、穷人无生计一家四口服毒自杀、美军车横冲直撞每天轧死多人、汉奸摇身一变成了地下工作者的消息。食不果腹、衣不蔽体的我走在大街上看到大吃大喝完毕脑满肠肥的"狗男女"们，他们正从我从来不敢问津的餐馆里走出来，餐馆发散出来的是一股股鸡鸭鱼肉油糖葱姜的气味，我确实对之切齿痛恨，确实相信"打土豪、

"分田地"的正义性与必要性，相信人民要的当然是平等正义的共产主义。

何况我正在读的书是巴金的《灭亡》，是曹禺的《日出》，是茅盾的《腐蚀》与《子夜》，还有绥拉菲靡维奇的《铁流》。这些书都告诉我社会已经腐烂，中国已经濒危，中国需要的是一场大变革，是一场狂风暴雨，是铁与血的洗礼。

还不仅仅是这些带有社会批判倾向的作品，我回想，包括安徒生童话与格林童话，包括《卖火柴的小女孩》《活命水》《灰姑娘》《快乐的王子》《稻草人》《大克劳斯与小克劳斯》《白雪公主》，都给我留下了深刻的印象与强烈的激动。世上有许多不义，世上有许多美丽善良诚实而又受苦的人，世上有许多"国王的新衣"需要戳穿，有许多"灰姑娘"和"白雪公主"和"小人鱼"等待着爱她们的王子，有许多被魔鬼变成了石头的生灵等待着"活命水"（有点像观音大士的杨枝净水）的起死回生。我感觉革命才是这样的复活生灵的活命水。现实有太多的丑恶，理想是多么美好动人，能够把丑恶的现实变成美好的理想的唯有革命，为此，我们为革命必须付出高昂的代价，为革命也是为理想，付出再多的代价也是值得的。文艺，尤其是文学常常会成为一个革命的因子，从我自己身上，我清楚地看到了这一点。

与李新成为对比的是国民党的官员。有一次我接到学校命令，必须收听市社会局长温某某的讲话。我们家的"话匣子"（收音机）是日本宣布投降后，住在胡同里的日军家属，惶惶然如丧家之犬，确以"跳楼"之低价卖掉一切东西仓皇回国时，买自她们的。

我完全不记得温局长讲了什么内容、为什么中学生必须听他的讲话，但是我记得他的怪声怪气，官声官气，拿腔拿调，公鸭嗓，瞎转文却是文理不通。我相信一个政权的完蛋是从语言文字上就能看得出来的，是首先从语文的衰落与破产开始了走下坡路的过程的。同样一个政治势力的兴起也是从语文上就显示出了自己的力量的。他与李新同志的对比太如天上地下了。我当时已经坚信：李新同志、共产党人的逻辑、正义、为民立言、全新理想、充满希望、信心百倍、侃侃而谈、润物启智、真理在手、颠扑不破……是任何力量也阻挡不住的。作为新生力量的共产党，她是多么光明、多么科学、多么有作为、多么激动人心啊！

我有一个说法，一股政治势力的兴衰，看一看他们的文风与话风就知道了。兴者富创意与活力，明白而又实在；衰者只剩下了套话与八股，空洞而且不知所云。

还不仅仅是这两个人的对比。我读左翼著作，新名词、新思想、新观念，高屋建瓴、势如破竹、强烈、鲜明、泼辣，讲得深，讲得透，讲得振聋发聩、醍醐灌顶、风雷电闪、通俗明白、耳目一新。而你再看旧政权的作品，例如蒋的《中国之命运》，半文半白、腐朽俗套、温温吞吞、含含糊糊、嘴里嚼着热茄子，不知所云而又人云亦云，以其昏昏，使人无法昭昭。一看语言文字，就知道谁战胜谁了。

平民中学有一个打垒球的传统，我现在还不明晰当时我们从日本人那里学到的垒球是不是现名棒球。垒球队有一个矮个子高中二年级学生，他是个性情活泼、机灵幽默、（运动）场风极佳的后垒手，名叫何平。即使他输了球漏了球，他的甜甜的潇洒的微笑也会为他赢得满场喝彩。一天中午我在操场上闲站，等待下午上课。他走过来与我交谈。我由于参加讲演比赛有成也已被许多同学知晓。他问我在读些什么书。我回答了一些书名后说道："……我的思想，"我顿了一下，然后突然宣称，"——左倾！"

赶得别提多么巧，何平是老地下党员，我的宣示使他两眼放光，他从此成了我的革命的领路人。思想起来，到现在我也说不清，向并非熟知的同学作这样宣布的目的，也许我完全不懂得其危险性。我只能说这是历史，这是规律，这是天意，当革命的要求革命的依据革命的条件成熟而且强烈到连孩子都要作出革命的抉择革命的宣示的时候，当这种宣示就像木柴一样一碰就碰到了电火雷击的时候，这样的革命当然就完全是不可避免、无法遏止的了。

一九八六年冬，我在文化部长任上与一大批外国在华专家座谈。在座的还有一位比我小两岁、有过同样的曲折坎坷的经历的著名作家。我提到中国作家的左倾，提到左翼文学在现代文学史上的突出地位。我的这位同行兼好朋友就分辩说，他和他那一代人从来没有喜欢过左，从来是欲左也不可能。呜呼！我很惊讶，也很悲伤，到了一个仅仅比我小两岁的作家那里，左派竟然成了一个不太好的名词了。夫复何言？谁可与言？

此后，父亲随李新同志去了解放区，到父亲的老师范文澜任校长的北方大学去了。而我，也立即跟随何平走上了一心要革命的道路。

十、我有没有童年

由于匮乏和苦难，由于兵荒马乱，由于太早地对于政治的关切和参与，我说过，我没有童年。

我没有童年，但是我有五岁六岁七岁直到十几岁的经历，一年也不少，一天也不少。回想旧事，仍然有许多快乐和依恋。

我喜欢和同学一起出平则门（阜成门）去玩，城门洞有刺刀出鞘的站岗的日本兵。过往的中国百姓要给他们鞠躬，这是一个非常恶劣的记忆。一出城门就是树林、草花、庄稼、河沟，充满植物的香气，一路走着要跳几次水沟。到大跃进时为止，此地的钓鱼台那边一直是天然野趣。那里的窄窄的两行杨树，秋天树叶变黄的时候发出一种类似酸梨的气味，踏着落叶在树林里徜徉，使人觉得诗意盎然。城市后来是怎样地成倍成倍地扩大着啊。

我更喜欢从西城家中走太平仓（现平安里南边一条街，过去，从西四到地安门那边的环行路公共交通都是走太平仓而不是平安里的），经厂桥、东官房到北海后门。太平仓那边有几家高档的四合院，大门上用油漆写着门联，"忠厚传家久，诗书继世长""物华天宝，人杰地灵""守身如执玉，积德胜遗金""又是一年芳草绿，依然十里杏花红"……这些句子我早就学会了，不是从书本而从一些四合院的大门上学到的。这也说明我多次从那边走过。"芳草绿"与"杏花红"的句子使我醉心，联想到了儿时学过的模范作文。

这些院落的围墙很高，有的墙上还绑着铁丝网，院里的树木把枝叶伸探到院外，院门经常紧闭，我从未见到过任何人从这样的高级院落里出进。太平仓的胡同里两侧都是国槐，是典型的老北京的胡同——小街，在开通了从平安里拐弯的有轨电车道后，很少有车辆走这条要多拐几个弯的旧街。走在这样的胡同里，心情很微妙，应该算是一种享受。

一进北海后门，先听到的是水经过水闸下落的声音，立即感到了凉爽，进入了清凉世界。再向南走两步，响杨的树叶的巨大的哗哗声攫住了你，一时间世界只剩下了两排排列整齐、盖有年矣的杨树林，树干的疙里疙瘩与似曲实直，亭亭玉立与随风倾斜显示了既古旧久远又年轻潇洒的风格。《红楼梦》里的林黛玉抱怨过响杨的树叶噪音，我简直不懂。对于我，杨叶的作响是一片天籁，一片清凉，一片宽阔和生机。每听到北海后门两排杨树的声音，我立刻得到了莫大的安慰，我得到的是盛夏酷暑中突然获救的感觉。

我也喜欢短时间的北京城向大自然的回归：夏夜，在院落中乃至到胡同门乘凉，听姐姐王洒背诵杜牧的"银烛秋光冷画屏，轻罗小扇扑流萤。天阶夜色凉如水，坐看牵牛织女星"的诗句。确实，那时的北京夏夜到处都能看到款款飞着的萤火虫。二姨还给我讲过一个故事，说是一个孩子由于丢掉了打醋的一毛钱，被继母打死了，这个可怜的孩子死后变成了一只萤火虫，打着灯笼寻找他丢掉的一毛钱。从此我深为自己的母亲并非继母而特感幸福。

大雨之后胡同里积着齐膝的水，蜻蜓擦着水面飞。杨树上时有知了高唱。北京的国槐最多，春天则是小小的青虫，吊在从树枝上垂下的丝上。我们解放前最后迁入的小绒线胡同 27 号，向东一拐，就有一棵特大的国槐树，我们的后院里也有两棵大槐树。后来，果然我在《组织部来了个年轻人》中写到了槐花。秋天即使在庭院里也听得到蟋蟀的啼鸣。我曾经很热衷于养蟋蟀斗蟋蟀，热衷于给蟋蟀喂毛豆。行家告诉我，好蟋蟀需要喂人参，我就不明白了，谁知道什么是人参呢？

夏日我也喜欢养蝈蝈，有细秫秸秆编成错落有致的蝈蝈笼，传说故宫的角楼就是参照了民间编蝈蝈笼子的方法修建的。我懂得如何给蝈蝈喂黄瓜、西瓜皮和南瓜花，我从小喜欢听蝈蝈的啼叫。我不懂为什么有人讨厌蝈蝈的啼叫，嫌它吵，就像有人嫌交响乐吵闹，还有人怕听提琴或者二胡，说是听了"脑仁儿疼"一样。

我喜欢所有的吆喝，卖小金鱼和大田螺，卖卤鸡和卖糖葫芦，这二者都有抽签奖励的促销手段。卖硬面饽饽的，是山东乐陵人。卖扒糕和凉粉的，像男高音。冬夜则是卖羊头肉，切得比纸还薄，切出来的肉片变得透明。仅仅是卖一筐水萝卜也是叫得曲折婉转十分出彩。寒冷的深夜，有时会听到盲人算命者的笛子声，"梭米瑞多瑞米拉梭——梭（低八度）多米瑞多……"，我觉得极其凄凉。家里人说，这些人名为算命实际上很可能是卖烟土——贩毒的。这使我更感神秘了。白天我也常常看到瞎子，可怜得很。有一些与我同龄的男孩老是欺负残疾人，还有一对乞丐母女，母亲的样子像是患有精神疾患。我同情她们。

现如今，大约是为了安抚老北京们的怀旧情绪，组织了舞台上的旧京吆喝合唱，一片混乱嘈杂的蛤蟆闹坑，恶劣透了。舞台不是胡同，集中在聚光灯底下闹哄也不是特定的时间地点季节品种的吆喝，合唱团员们哪里有小贩的心情与声带？生活与艺术紧紧相连，然而生活与艺术是不能互相照搬的，照搬卖货吆喝的方法不可能成功，而只能是更告诉人们，过去的一切已经成为永不复返的过去。

我喜欢看老舍的话剧《龙须沟》的重要原因之一是，于是之饰演的主角程疯子，能很地道地吆喝一嗓子："卖哎大啊吉恩（金）鱼吁，卖哎稀噢（小）吉恩（金）鱼吁拉哎（来）唉……"这里的"稀噢（小）"是全句的重点，要拉够长声，要清晰地传达出复合韵母的全部特点。但我也有不满足，在我的记忆中，北京的春天除了小金鱼，就是说卖金鱼的都捎带着卖"大田螺蛳"，程疯子怎么忘了吆喝大田螺蛳了呢？

姐姐比我只大一岁半，我受了她和她的同学的玩法的影响，从小玩很多女孩儿的游戏：跳房子、踢毽、抓子儿（桃核与玻璃球）、用丝线绑捆香包（小粽子），还有跳绳之类。但后来开始受到女孩的排斥，自己也觉得无趣了。

有几天我醉心于自己制造一部电影放映机，因为我知道了电影的原理和什么视觉留迹的作用。我想的是自己画出动画，装订成册，迅速翻动册子，取得看电影的效果。努力良多，没有太成功。

我毕竟是男孩子，慢慢地就有了野一点的玩法，在墙头上玩打仗，每天没完没了地做手枪，时刻幻想着自己趁一只活像真枪的手枪，大喝一声："不许动！"嘎——咕，一枪毙"敌"于脚下。

但是我的蹦蹦跳跳的游戏并没有能够坚持下去。我上初中的第二学期，到西什库第四中学看我们学校与四中的棒球比赛。男生们一个个都抄近道从一个墙头跳下去，我犹犹豫豫，上了墙头，欲跳又止，下去了，右脚脖子崴了一下，疼痛难忍。结果，造成了脚腕处骨裂，养了一个多月，影响了上课，唯一的这一学期，我的考试没有进名次。我尝到了挫折的滋味，梦里清清楚楚地看到了自己的优异成绩，却在成绩通知单上看到了失败。梦中的我一再追问，这是真的还是梦？梦中的回答是，不，这不是梦，这是真的，就是我考得好，骨裂了仍然考得好。这样的信心正是我无比的屈辱感的根源：愈相信自己就愈感到丢人。

说下大天来，我的童年过得还是太怯弱了啊。父亲的一个朋友曾经送给过我一个鹰状风筝，我试了几次始终没有放起来，读鲁迅的《风筝》的时候我的感觉是我比文章里的弟弟与哥哥更可怜，我竟无待暴力与蛮横的摧毁，我竟无待封建吃人文化的压制，先是我自己就怯了，跳墙骨裂，放风筝坠地，打架无力还手，不必旁人欺负，也不可能战胜任何一个人……

……往者已矣，如今的北京已不是当年的城市，所有的儿时记忆已经没有可能再重现眼前。北海公园后门的水声依旧，但是杨树林的品种已经更新，不复有那哗哗的响动。到处车水马龙，到处高楼大厦，谁可以在墙头上掏出木头手枪大喝一声"不许动"呢？夏夜不再扑流萤，冬季的天空上也看不到成群的黑压压一片乌鸦飞过，春天听不到黄鹂，秋天听不到蟋蟀。

在新疆，我的二儿子王石经常自己做风筝，一放就放到半天空，我仰首观看，心旷神怡。有些心愿，自己这一代没有完成，下一代完成了，也是快乐。

在我六十八岁的生日，文化部给我开车的司机郝俊卿师傅送给我一个大蝙蝠风筝，说是他看了我的有关放风筝的文字，心想，这还不容易吗？后来，我们有几次一道将风筝放到高空的经验。毕竟，一切希望都在人间，一切人间的希望都很可能实现，虽然可能是六十年后的实现。

十一、雨果与周曼华

汪曾祺老在回答为什么走上了文学写作之路的时候，曾经戏言："因为从小数学就不及格。"

我有点不同。我从小喜欢数学。小学时候，没有比分析那些四则文字题更令人觉得有趣的了，鸡兔同笼，有头多少，有腿多少，问是多少鸡多少兔。和尚挑水，大和尚一人挑两桶，老和尚两人抬一桶，小和尚一人提一桶……问是三种和尚各是几位。到现在我仍然喜欢这种逻辑的分析，而且我深信有的孩子解不出这样的题，其实主要原因是语文障碍，问题的叙述，已经包含了解决问题的逻辑，但某些孩子读不明晰，弄不清主语宾语定语状语，弄不清条件与设问的关系，觉得文字已经很绕脖子了，还谈得上解题吗？有的孩子做错了题则是由于对文字题的设问词、语、句的理解上出了毛病。听清楚话、看清楚文字，谈何容易！此后的大半生有多少人看不清文字语句却要与你争论，老天！

后来在初中，则是平面几何使我如醉如痴，什么九点圆，什么悠勒尔线，那种完美，那种和谐，那种颠扑不破，那种从最简明的地点入手而徐徐升高，变得华彩炫目的过程，实是天机，实是上天给人类最好的礼物，是上天给智慧的奖赏，是上天与智慧的联欢。而做一道证明题或作图题的过程如寻路，如觅光，如登山，如走出森林，那是一个不断选择、不断分析的过程，那又是一个不断寻找、不断否定、不断舍弃、不断靠近、不断开辟的过程，当你慢慢走对了路的时候，你似乎听到了光明的合唱，你似乎看到了朝霞的绚烂，你似乎服膺了智慧的千姿百态，你似乎亲手造就了自身的成长，做出一道题你就长出一口气，你就又长高了一两个毫米。没有比逻辑和智慧更美丽更光明更忠诚更可靠的了。

我还要说，智慧的最高境界与忠诚密不可分，没有专心致志，没有始终如一，没有老实苦干，就只有小打小闹的阴谋诡计，不可能有真正的智慧。智慧使人变成巨人。智慧是美丽的。而在年逾七旬以后，我还要说，智慧是魅力，是风度，是远见也是胸怀。智慧是人化了的性感。智慧使男人变得高大英俊，使女子变得神奇迷人，智慧是美的孪生姐妹，智慧是善的明澈的观照。

我还要提到，我的初中几何老师王文溥是一个极其优秀的数学老师，他善于把一道几何题的做法、解决的过程，说得栩栩如生、楚楚动人、诱人，他善于表达智慧的力量与快乐。我的喜欢数学与他的讲授关系太大了。直到上个世纪九十年代，我在四十一中的校庆日返校，见到他，他还在为我的弃数从文而惋惜。他说："有什么办法呢？你选择了别的路子……"

数学问题上我也表现了自己的狂想遐想。我做过一个题给王老师，我做了一个证明题，证明的是"点不能移动"。我的理由是，点从 A 移到 B，必须先经过 A 与 B 中的中间点 A′，而欲达到 A′，必先经过 A″，欲达到 A″ 必先达到 A‴，而你是找不到那个最后的也就是距 A 最近的点的，这样点 A 的移动遂成为不可能。王老师大喜大笑，他说这是一个微积分的问题，是初等数学里所无法解决的，但是他欣赏我的钻研精神。

也有一次我与王老师讨论一道题的解法，我确实找到了比老师黑板上的演示更简明的解法，我举手，刚一说出自己的想法，他不等说完就打断了让我坐下了。为此，我受到了同班同学的嘲笑。我知道，老是有自以为高明的想法，并不会受集体和老师的欢迎，老显着你？讨厌！尤其是有了确实高明的想法，可能是更讨厌，不仅讨厌而且危险。我以为，一向虚怀若谷，对我宠爱有加的老师为什么不准我说话？只可能是一个原因，我刚一张口他就明白了，确实是他的演示不高明，那么与其让老师丢脸，不如让小小年纪的王蒙丢脸。在数学问题上出现了"人文思考"，麻烦了。

而自己的读书主要是童年与青少年时代。为什么爱读书？读书使我感觉良好，使我进入一个美好文明的世界，我明明感觉到了，读书在增长我的知识、见闻、能力。而且，我那个时候确实不知道还有什么别的事像读书一样有益有意义。我三年级以来就常到离我们住的受壁胡同不到一站地的太安侯胡同的民众教育馆借书读。有时候近冬天黑得早，有时候气候严寒，阅览室里的铁炉里煤净火熄，整个阅览室只剩下了我一个人，工作人员有一个老汉还有一位中年妇女，他们见我不走，无可奈何，只好陪我不得下班，同时他们又笑嘻嘻地不无夸奖地欣赏我的喜读爱书。

我什么都读，有关于健身和练功的，其中最得益的是《绘图八段锦详解》，什么"左右开弓要射雕"，什么"摇头摆尾去心火"，我至今会练。我也读过一些太极拳方面的书，不懂，也很难学着练。我甚至省下早餐钱买了一本《太极拳式图解》，学会了"揽雀尾""单鞭""金鸡独立"诸名词，仍然无法照学照练。从此我深知世界上有些事情示范、比画、身体力行的意义远远胜于课本。

我也在那里读了《崆峒剑侠传》《峨嵋剑侠传》《大宋八义》《小五义》等章回小说。我喜欢郑证因的技击小说《鹰爪王》，宫白羽的《十二金钱镖》，后者的人情世故的描写与冤冤相报的悲剧性的表现，使它的文学价值超过了当时的一般武侠小说。

我试图锻炼某种武功。先是迷上了"金钟罩、铁布衫"，说是有这种功刀砍不入，剑劈不进。我用物体敲打头顶，高高抛起皮球，再抛起毽子用头顶去接，绑鸡毛的铜钱落到头上砸得生疼，但头部并无长厚长硬的征兆。"金"功锻炼无成，但我学会了对着月亮练蹲裆骑马式，我想汲取书上所说的"日月之精华"。学会了弓箭步、丁虚步、半卧步……我热衷过练气功，垂帘闭目，意守丹田，屏神静息，抱元持一，我期待着泥丸宫（囟顶）的洞开，期待着灵魂出窍，神游太虚。这些都未有成，倒是在前弓腰方面取得过一点成绩，那时我绷直双腿，可以用自己的嘴巴去吻膝盖。蹲裆骑马式也还有点成绩，比旁人做得长些，蹲得也低些。

　　最主要的是我在民众教育馆读了雨果的《悲惨世界》。一上来，先声夺人，雨果的书令我紧张感动得喘不过气来。看不懂也要看，对于社会的关注与忧思，对于阶级社会的不义的愤慨，"左倾"（虽然雨果时期还没有当今的"左"与"右"的分野）意识，大概从那个时候就开始了。

　　我也在那里读了鲁迅、冰心、巴金、老舍。我在家里读过一本曹禺的剧作《北京人》，我印象最深的是说到北京的叫卖果子干的两个小铜碗的敲击声。我认为作者的意思是中国已经腐烂，只能大动刀斧。其后又读了《日出》，我恨不得手刃金八爷拯救"小东西"。我喜欢鲁迅的《祝福》和《故乡》，我更喜欢他的《风筝》与《好的故事》。我从一开始就感到了鲁迅的深沉与重压、凝练与悲情。我知道读鲁迅不是一件好玩的事情。我读了丁玲的《莎菲女士的日记》，我看不懂。但我喜欢她的《水》，我觉得《水》在号召反抗，合我的心。

　　在家，我还读了《木偶奇遇记》与《爱的教育》《安徒生童话集》与《格林童话集》等书。它们大大地启迪了读者的爱心，读到木偶比诺乔的腿被烧掉的情节，我流下了眼泪。

我读了一本印刷精美的插图本《世界名人小传》，里边介绍了牛顿、居里夫人、狄更斯等人的事迹，这样的书对于我的立志有所成就，是起了作用的。

我也被带去看过多次电影。我记得梅熹、吕玉堃、白云、舒适、刘琼，特别是李丽华、陈燕燕、陈云裳、周璇、周曼华、顾兰君的名字与形象，却不大记得起他们她们演的影片的故事。有一部片子叫《万紫千红》，是各种电影插曲的荟萃，并为此片专写了一首主题曲《真善美》，众影星唱道："真善美，真善美，它们的代价是脑髓，多少心血，多少眼泪，多少沉醉，换几个真善美……"

我不解其意，但是觉得它的词很别致，很怪，便记了下来。

有一个影片是周璇演的《渔家女》，她的几首歌我后来都学会了。我记得的是一个渔家少女上了阔少爷的当。少女千万要小心，我明白了。

我看过张恨水原著改编的《金粉世家》，我的一个印象是一男一女亲吻，后来女子就怀了孕。我不理解为什么一拥抱就会怀孕。但是我很明白，电影里的故事多是女性倒霉。我从电影中特别感受到女性的美丽，尤其是周曼华的《不求人》，她演的那些家务劳动，蒸饭炒菜，哭哭笑笑，都那么甜甘，那么平顺，那么实在，让人看着踏实、喜悦、爽利而又舒服。我甚至想到，我长大了有一个周曼华似的媳妇该有多好！

女性美丽。女性倒霉。女性容易受男人的伤害。这就是我从小小年纪看电影中得到的结论。我长大了绝对要对得起女性，绝对不做对不起女人的事。我早就下了死死的决心，即使看电影里的女性哭哭啼啼，我也难过得很。

我多次在家里听到邻居的或自己的收音机播送李丽华唱的《千里送京娘》插曲："柳叶青又青，妹坐马上哥步行。长途跋涉劳哥力，举鞭策马动妹心。哥呀，不如同鞍向前行……"然后是梅熹唱的两句男声："用不着费心，我不怕这崎岖的路程。"这首歌使我十分感动，赵匡胤千里送京娘的故事也感动了我，京娘的自杀使我顿足。委婉软弱和渺小的情感令我惭愧，也令我难以忘怀。解放后我拼命管住自己，再不应该为李丽华的歌曲而落泪啦，至少理论上我是认识到了。我一直想看这部片子，但是始终没有看到。

当然更早的观影的记忆应该提到朱迪·加兰主演的《绿野仙踪》与万籁鸣等四兄弟制作的大动画片《铁扇公主》。《绿》的情节我完全不懂，但是影片中有一个水晶球似的宝贝，从球中能够看到远处的人的遭遇，球发光的那一组镜头令我目驰神迷，无法想象人间竟有这样的奇妙，而《铁》，更是醉人，我看了不止一次。我看的结果是相当同情铁扇公主而不是唐僧一行。牛魔王的妾玉面狐狸的山门与她的面容都很美丽。孙猴子钻到铁扇公主肚子里一节，叫人好难受。牛魔王大战孙悟空，最后显了原形，变成一头大牛，也令我同情，看来亲牛意识是贮存在国人的细胞基因里的。我也与家人一起听戏，一次是尚小云主演的《青城十九侠》，未有印象存留。有几次在离家不远的地方看朱丽霞、花砚如演的评剧。我的印象是朱丽霞很美声音富有磁性，而花砚如演得活泼生动。她们的搭配就像后来的筱白玉霜与喜彩莲。

我也随着姐姐等学会了不少流行歌曲。大多是周璇唱过的："春季里，艳阳天……你可不要把良心变""人生何处不相逢……人生本是个梦""心上的人儿，有笑的脸庞，他曾在深秋，给我太阳""这里的早晨真可爱，这里的早晨真自在""天上旭日初升，湖面晨风和顺"，我们都唱得滚瓜烂熟。到了临近解放的时候，又有几支歌流行起来。一个是"山南山北都是赵家庄……"却原来这是吴祖光的歌词，是隐含着对于解放区的向往的。另一首是"春天的花是多么的香，秋天的月是多么的亮……"虽然浅，但是我无法抵抗它的动人。有趣的是一九九〇年北京亚运会上香港体育代表队入场的时候，铜管乐奏的就是这一首歌。最后一首是《夫妻相骂》："没有金条也没有金刚钻""这样的女人简直是原子弹""这样的家庭简直是疯人院"。有什么办法呢，这样的歌曲流行起来，旧社会灭亡的预兆也就无可怀疑了。

一九四九年以后，我以为这些光怪陆离与乌七八糟都是一去不复返了。有一次我无意中哼哼起《蔷薇蔷薇处处开》的调子，我的领导立刻指出：怎么从"重庆的防空洞"（语出毛主席）中刮出一道阴风……我更加明确，这过去的一切只能是决绝地无情地与之告别，与之永别了。去你妈的！

十二、从拜财神爷到思想赤化

那时候看电影，离家最近的影院有两家。一是现在的胜利影院，一九四五年后曾名建国西堂。更早叫什么，不记得了。另一家一直叫红楼影院，后来以放映纪录片为主。每次看完电影，我们都是从西四往北过马路进帅府胡同或报子胡同，再往西走到我们家。对于童年的我，这两条胡同都是太长了，走起来颇感疲劳。我常常抱怨，怎么这么长的路啊，什么时候能把这条胡同砍去一截就好了。

有一次，在这条长胡同上疲倦地行走，我忽然发现了一个皮夹子，皮夹子里有少量的钱。这个巧遇使家人兴奋起来，每次走在那里都希望能捡到钱包。甚至说闲话时也不住地说，什么时候跌个跤，捡上个金镏子就好了。那时候物价日日飞涨，有钱的人都是用金条之类的东西保值或议价。租房是用"洋面"若干袋计价。我们没有见过金条，但是生活中常常听到这样的说法。后来在初中读到守株待兔的成语，我以为这个成语并不夸张。在没有保障和匮乏的生活里，真是昼思夜想也能捡到现成的兔子啊。

穷极更要供财神爷，每逢旧历腊月三十，到处都有高喊着"送财神爷喽"的小贩给各家"送财神爷"，一张质量低劣的草纸，画着赵公元帅。有一次家里刚刚买了这幅带来希望的神像，又传出来敲门的声音，我刚要喊"不要了"立即受到大人的警告，不能说不要，也不能说刚买过，只能说："请过了！"

遇到大人与邻居玩麻将牌，我与姐姐就去给财神爷磕头。不论怎样磕头，我的印象是，母亲与姨母的玩牌成绩多是负数。

日本投降以后，又时兴起了倒卖银元，我们家的胡同西口是北沟沿（后名赵登禹路）小市，它给我的印象像是样板戏《红灯记》里所说的"破烂市"。许多穿着破长衫的人嘴里叫着"买两卖两"兜售并收购银元。穷得发疯的我们家也试过几次，我也学会了辨认"袁大头""站人的"还有什么的。说来也怪，我的印象是，只要我们家进了银元，银元一定落价，只要出手了银元，银元一定猛涨。

所有的这些卑微，所有的这些耻辱，所有的渺小和下贱，在接触到革命以后是怎样地一扫而光了啊。再不会想走路的时候捡到钱包了，再不会祈祷母亲打牌赢钱了，再不会梦想通过倒腾银元发财了。所有的关于不再苦熬地卑贱地生活下去的愿望，关于有朝一日闹翻身的愿望，都因了革命的存在革命的主张而有了寄托了。

何平与李新同志又不同了，他热情、理想、坦率、充满活力。他不遗余力地对我与我的一位好同学，昌平一家农民的子弟秦学儒进行赤化教育，我曾说，何平的家对于我们俩来说，是一所家庭党校。艾思奇的《大众哲学》，令我豁然贯通，无往而不利。华岗的《社会发展史纲》令我参尽天机天条，五种生产方式，历史必然规律，谁能违反？谁能改变？一读此书立即觉得是正义在胸，真理在手。杜民等的新知书店社会科学小丛书，使我遍览天下大事。毛泽东的《新民主主义论》，使我认识到革命道理的明快简洁，胸有成竹。黄炎培的《延安归来》，使我内心充满希望与对革命的拥戴。苏联小说《孤村情劫》（卡达耶夫著，原名《我是劳动人民的儿子》）、《虹》（瓦西列夫斯卡娅著）、《妻》（卡达耶夫著）都使我心向往之。尤其是水夫译的《钢铁是怎样炼成的》，那是青年人革命的圣经："人最宝贵的是生命，生命对于人只有一次而已……"我立即服膺，背诵，热血沸腾。朱赫来、保尔·柯察金都是我的偶像，对冬妮亚我也十分喜爱。

何平还带我去位于北新华街的朝华书店，说那是一个进步书店。我在那里看到了以苏商名义经营的"时代出版社"出版的《时代三日刊》，是对开报纸形式，上有延安广播一栏，令生活在国统区的我们耳目一新。后来我又去过多次，估计书店已被旧北平当局封闭，关着门窗，一副永远打烊的样子，令我失落痛惜悲哀已极。

在何平给我的"赤化"书籍中有一本画册《苏联儿童之保护》，应是苏联对外文化协会发行的宣传品，正是社会主义革命强调解放妇女，大规模开创了托儿所幼儿园的建设。在我少年时代，是把托儿所等视为苏联的发明与提倡的。

另一本名为《苏联纪行》，是由英国"费边社会主义"者们写的。他们高度赞扬十月革命后苏联的各项成就，但也对他们所说的苏联对于言论自由的限制等状况提出了疑问，这使我看了相当困惑。一九八七年我以官方身份访问英国的时候，我与英国工党影子内阁的文化大臣费舍尔谈起了我少年时代对于英国费边社会主义者的文字的阅读。什么事都是这样，没有全无意义的阅读和行事，"不是不报，时候未到"。

一年多后何平中学毕业，就业了，他的地下工作从面向中学改为面向"职业青年"了，他不再与我们联系，而改由职业的革命者、中共中央华北局城市工作部学委中学工作委员会委员黎光同志联系我们。

用地下的术语，我与秦学儒这两个"进步关系"（因我们当时并无组织身份）由黎光——当时告诉我们的名字是"刘枫"——带，"带"是指地下党的单线联系的上级对于下级的指导。

刘枫一表人才，坚毅英俊，说话声音有很好的共鸣，许多年后我发现，他的外表很像曾任中央实验话剧院院长的著名演员石维坚。刘枫的形象完全符合我对党的地下工作者的想象，他分析问题从来是要言不烦、切中要害。他的话没有何平那样多，也没有那样活泼和幽默，他带给我的革命事业的前景要严峻多了，他是一个严肃矜持的人，你与他在一起，你觉得他永远是胸有成竹，说一不二，坚定正确。

……今年，二〇一一年，我该七十七岁了，尚未洋溢出"是为贼"的惭愧。但想一想，短促的几十年，世界竟然出现了这么大的改变，上述的一切回忆，已经随风飘散，上述的老北京面貌，已经不复存在。呜呼北京，你的变化的节奏也太快了，呜呼世界，你怎么能少让人们感受一点陌生与恐慌、失落与惆怅呢？

十三、进步关系

我喜欢唱进步歌曲。《跌倒算什么》这首歌的内容是为受挫的学生运动打气，这首歌改了点词收入了大歌舞《东方红》。《团结就是力量》是学生运动的经典歌曲。最早何平教给我学会了《喀秋莎》，后来刘枫还教会了我唱最脍炙人口的苏联群众歌曲《我们祖国多么辽阔广大》，那种自豪感与开阔感是我从以往习唱的歌曲中从来没有体验过的。

有一首歌我不知道作词与作曲者是谁，它的内容极适合进步学生们的口味：

我们的青春像烈火一样鲜红，

燃烧在充满荆棘的原野。

我们的青春像海燕一般英勇，

飞翔在暴风雨的天空。

原野是充满了黑暗，

我们燃烧得更鲜红。

天空是布满了黑暗，

我们飞翔得更英勇。

我们要在荆棘中烧出一条大路，

我们要在黑暗中向着反动派猛攻！

这首歌的歌词对于那时的我像是圣经一样。

一首苏联歌词与之很相像：

兄弟们向太阳向自由，

向着那光明的路……

你看黑暗已消灭，

万丈光芒在前头！

相信这是一首街头斗争、游行示威时的群众歌曲。它的节拍适合大步行走。

另一首我早就学会的苏联歌曲据说是列宁喜欢唱的：

生活像泥河一样流，

机器吃我们的肉……

情调极像高尔基的《母亲》，也许这首歌的词是高尔基写的？此后许多年，周扬喜欢引用一个例子，说是高的《母亲》深受列宁赞扬，说这是一本"合乎时宜的书"，而普列汉诺夫却批评此书的艺术性的不足。一九八一年我与胡乔木第一次见面，他说到高的《母亲》写得并不好，倒是《克里姆·萨姆金的一生》才是高的代表作。

无论如何，旧社会的撼人灵魂的革命歌曲是太多了，正义的冲动、悲悯的情怀、献身的血性是太多了。我相信没有革命的小说与歌曲就没有革命。我甚至怀疑过一些没有唱过这一类歌曲的人的革命要求是否足够悲壮与强烈。我深信没有被压迫与求解放的情怀，就没有革命。我怀疑解放后咸与革命、随大流革命，然后种田打球烧菜收废品全算革命，再然后深怕别人说自己不革命，纷纷抢着表示拥护革命，越表示革命就越能够获得现实的利益——这究竟是不是一件值得庆幸的事。革命毕竟应该是牺牲，是奉献，是迫不得已，是面对重重阻力、重重艰难的豁出命去的千难万险之事儿啊。

有意思的是，还有一批并无革命词句的歌曲也纳入了革命洪流，例如"太阳落山明朝依旧爬上来，花儿谢了明年还是一样地开……"也是刘枫教给我的，他边唱边舞。学生工作，容易吗？以及"可爱的一朵玫瑰花，赛的玛利亚……"还有"温柔美丽的姑娘，我的都是你的，你不答应我要求，便向喀什噶尔跳下去……"一九四八年春，地下党领导搞了一次平津学生大联欢，这些比较健康的民歌被联欢的大学生们所传唱，从此这些歌儿也成了进步学生的标志。国民党那边呢，没有剩下几个歌可以唱了，只剩下了白光、李丽华的靡靡之音了。有一位台湾背景的诗人对我说过，他们上学的时候春游，刚唱一首歌，马上被人提醒，那个歌不能唱，那是共产党的歌儿，再换一首，还是共产党的歌……

我渐渐懂得，学生运动的做法是愈来愈成熟了，它发动并组织着矛头直指国民党的请愿游行示威罢课，也扩大着自己的外缘，包括了各种文娱、学习、助学活动。地下党组织过规模庞大的助学运动，征募钱财，帮助经济困难学生。在这些活动中，树立了进步学生、地下党员学生骨干的威信，紧密了这些学生骨干与广大学生的关系，使这些大学生们变成了同欢乐、共患难、一起向往明天、一起渴望变革、生愿同生、死愿同死、打不散、折不弯的斗争集体。而这是国民党统治者最最没有办法对付的。

当然这里也有前提，就是功课最好、最聪明、最有能力、最有威信的学生骨干倾向于革命，倾向于共产党；这就叫作人民与青年的革命化。我读过一本关于学生运动的书籍，它开宗明义，一上来就要求所有的学运积极分子把功课学好。

我也参加过这一类活动。根据刘枫建议，我去过北大工学院的中学生寒假补习班。只是由一位大学生给我们补习数学而已。但也是在悄悄地散播革命的种子。

革命是怎么来的？革命从补习几何三角中来。革命从唱歌跳舞而来。革命从一切阅读，从一切对生活对世界的不满意，从一切社会矛盾、阶级矛盾、家庭矛盾、人际矛盾……从一切对于新生活的幻想当中来。我的父母骂架，我以为只有革命才能解决他们的怨仇。我听到隔壁邻居每到夏夜晚上拉胡琴，他拉得又不好，聒噪得人心烦意乱，我想是只有革命才能取消这些穷极无聊的噪音。一本书写得极差，我相信只有革命才能淘汰这些格调低下误人子弟的狗屁书籍。一本书写得动人，我相信只有革命才能使书里的人物的眼泪止息，使有情人成为眷属。

我想起了与刘枫即黎光同志的一个小争论。一次他问我在看什么书，我说是老舍的《骆驼祥子》。他表示不以为然。我表示此书可以起动员革命的作用，他不怎么相信。而我坚持，不论老舍当时的政治见解如何，《骆驼祥子》给人的影响是，这个社会已经无可救药。而且不仅老舍，连当时与共产党领导的革命没有太密切的关系的冰心的《去国》与《到青龙桥去》，同样地也会通向革命，引向革命。

与此同时，我读书时也常常困惑，为什么鲁迅的作品没有直接号召革命与歌颂共产党的内容？为什么丁玲的作品中少有直接号召革命的内容？为什么革拉特考夫的《士敏土》与绥拉菲靡维奇的《铁流》里的革命是那样粗暴和混乱？为什么这两位苏联大作家对革命的描写是那样吝惜光明和欢乐的词句？与这些相较，我宁愿读巴金的《灭亡》与《新生》、艾青的《火把》。前者讴歌抽象的革命，后者描写国统区的青年斗争。火把，红旗，在刑场上高唱《国际歌》，我的青春需要的是这样的崇高牺牲的旋律！

这里我想特别讲一讲读革拉特考夫的《士敏土》的感想。十二岁的少年当然理解不了苏联十月革命与十四国干涉后的恢复生产时期的背景与众生相，但这本书给我的印象却是大大强烈于法捷耶夫的《毁灭》与绥拉菲靡维奇的《铁流》。我始终怀疑以毛主席的风格他不可能对《毁灭》感兴趣，也未必有时间全文阅读彼书，他之所以在延安文艺座谈会的讲话中提及，与当时的法捷耶夫是苏联作协主席有关，也与此书是鲁迅所译有关。希望知情者有以教我。少年的我读《毁灭》读得颇为丧气，这是事实。

至于《铁流》，读来沉闷。至于有好友声称《士敏土》与《铁流》乃是一书两题，而有关编辑也看不出来，就更令人叹息，时过境迁，俱往矣喽！

《士敏土》非常强烈刺激，斗争激烈，革命者艰苦卓绝，将富农驱逐到白海，一个富农知识分子的描写如同幽魂。清党中被清洗者当场自杀，主持清党者的脸上的肌肉没有抽动一下。女主人公黛莎以身体献给红军战士与她的性公有观念，知识分子党员的软弱无能（包括在性上），一位领导人的性侵略与性自由。男主人公格利克服了对妻子黛莎的性关系问题上的私有观念之后怎样投入恢复经济的群众运动（真有点要共产共妻的意思）。此书最后描写格利怎样把小我溶化在人民群众的革命激情与红旗标语之中，有一种崇拜感、升华感、超越感，是一种成仁取义的完成感，感人至深。

读过此书，我脑子里不断出现一个戴着火红头巾的黛莎的形象，健康，苗壮，性感，热气腾腾，苦大仇深，无限胸怀。我到那时并没有见过苏联人，我曾问过父亲，日伪时期街上偶尔看到的"打倒苏联"的标语是怎么回事，父亲说过："苏联是世界上最强大的国家。"但是我的心目中，黛莎的形象与我其后见到过的许多俄罗斯妇人一致，虎背熊腰，热力四射。她是我的革命偶像，无可讳言，她也是我阅读中获得的一个假想的性偶像。无论如何，懂也罢不懂也罢，黛莎式的性观念不是共产主义更不是我国的主流观念也罢，《士敏土》的阅读使我模模糊糊地却也是大大地猛猛地燃烧了一回。里边有些胡写八写也罢，革拉特考夫写出了革命的严酷的魅力，躁动着的生命力。

也不能说我这个"进步"青年只限于读左翼书籍与唱革命歌曲，我曾经办了一个手写本刊物，叫作《小周刊》，主编与基本作者是我与秦学儒，我为之撰写了充满激情的发刊词，无非是抨击社会的不义与号召斗争。我们用复写纸抄写，然后提供给诸同学阅读。"出刊"两天我就被校长找去谈话，校长是国民党市党部委员，名常蕴璞，字玉森，以管束严厉、提倡并实行体罚而给我留下了印象。常校长讲的是什么"被人利用，造成事件"之类，我主编的第一本刊物就这样被查禁了。

地下党给我的定位是"进步关系"，就是说我是思想进步的青年，但不是党员也不是党的外围组织的成员。那时候尚没有全国性的青年组织，二十年代有过共产主义青年团，后来没有了。后来是直到一九四九年一月一日中央才做出了建立新民主主义青年团的决议。但地下党——具体地说是中央华北局城市工作部，部长是后来长期任中共北京市委第二书记的刘仁同志——在学生中，建立了若干外围组织，为了防止暴露与破坏，分别用不同的名称，似是自发群众团体。其中有的称"民主青年联盟"，简称"民联"。有的称"民主青年同盟"，简称"民青"。还有一个叫"中国青年激进社"。刘枫曾经给我看过后者的章程，我没有表示自己要参加，这大概说明我的组织觉悟不高，我自知年纪太小，除了读点进步书籍，唱进步歌曲，没有太想做点什么有组织有领导的事情。这使得刘枫对我一度比较失望。

但是我自己对自己的"进步"深为自恋自豪自敬。怀着一种隐秘的与众不同与众相悖的信仰，怀里揣着那么多成套的叛逆的理论、命题、思想、名词……不动声色地生活在大众之间，这种滋味既浪漫又骄傲。一些报刊大骂共产党的残酷的阶级斗争。有的报刊表面公允地对国共各打二十大板。说什么共产党经济民主政治不民主，而国民党相反。有一个姓耿的先生，在国民党政权即将覆灭的时刻创办了一本《太平洋月刊》，创刊号的头题文章是《列宁的叛徒与国父的逆子》，破口大骂两边，也一度吸引了所谓眼球。校长动辄在集会上煽动反苏反共。有些老师上课时大讲土改中的刑罚。有些亲友也是提"共"而色变。而我呢，坚信他们都是糊涂虫，昏聩无望，人云亦云，沉睡不醒，腐烂等死，而我却找到了光明，找到了希望，辨得清真伪，一切了然于胸，登高望远，信心十足，阔步前进……而这一点，包括家人，谁也不知道，我是独占鳌头，心明眼亮的唯一。只是在解放前夕我才知道姐姐也参加了党的外围组织。

有几个月刘枫同志没有来找我，我按他说过的地址去到他说的那一条街，一家一家地寻找，我找不到他。我体会到了失去关系的滋味，太悲伤也太恐怖了，哪怕只是一个进步关系，这个关系是不能中断的，组织的力量是无限的，失去组织就失去了一切寄托和希望。当你只是一个人的时候，你只有十二三岁，一米六多一点高，体重不足百斤，对旧社会完全绝望，你什么事也不可能做成。当你与一个伟大的组织有联系的时候，你知道自己的力量巨大无比，正在艰难取胜。我曾经梦见了刘枫同志，但是醒来以后却找不到他。

十四、入党

一九四八年我初中毕业，这使我得到了唯一的学历文凭，我记得毕业时分金合欢花（榕花）树盛开着橙红色的毛茸茸的花儿的情景。还有各种留影、纪念册与互写赠言。我对此并无所谓，我深信这些事都是小资产阶级的空虚无聊。这大概反映了我那时的骄傲自大，唯我独革，不把普通同学放在心上，尤其是不把死读书死用功的同学放在心上：我一个小时弄通的功课，他们硬是要用五个小时，叫我说什么好呢？

正如那个时候我在日本投降后首次接触到徐讦的小说，不知徐是不是大后方的作家。我看了《吉普赛的诱惑》《鬼恋》《风萧萧》……他写得极吸引人，但是我后悔他的小说是在我成为共产党员以后才看到的，不然，我会留下更美好的印象。而身为共产党员的我，对徐先生的作品，只能视为空虚幻想、小资情调、无病呻吟、装腔作势……就是说我已经学会了排斥许多我不能认同的东西，批判许多与革命者的心灵不相通的东西。

毕业时出一本校刊，要选我一篇作文。我汲取了办刊物被取缔的经验，便拿了一篇以堆砌词藻见长的《春天的心》充数。这篇东西就这样留下了，以致至今仍然有时收入我的散文集中。刘绍棠甚至说是看了此文，觉得我的所谓"意识流"式的文风已见端倪。

当时的高中是各自招生，有的人便报考许多学校，花很多报名费，以增加保险系数。我则报了四中和河北高中（简称冀高），两者都顺利考上了。我与秦学儒决定取冀高而舍四中。原因之一就是冀高有革命传统。"一二·九"时期北京中学生参加救亡运动者以冀高为首。荣高棠是那个时候的冀高学生。一九四八年报道过一个事件，四月十七日，冀高学生自治会成立，举行晚会，晚会上表演了小歌剧《兄妹开荒》，特务学生当场闹起来，逮捕了进步学生十七人，其中引人注目者为自治会骨干刘鹏志。

就在我们入冀高一个月后，刘枫来了，冀高的工作是他带领的，他正在为冀高地下党受到破坏而忧虑。他二话没说就说愿意介绍我们二人加入中国共产党，给我们看党章。我至今不知道他从哪里得知我们已经进入了冀高，我相信在经过"四一七"逮捕以后、进步力量受到严重打击的冀高，我们这两个进步关系的到来恰逢其时，自动符合了革命的需要。刘枫的这次到来使我们也使他兴高采烈。

发展我们入党的提议出乎我们的意料，我本来以为共产党员对于我是高不可攀的，共产党员是钢铁所炼成的（保尔·柯察金式的），是真正的仁人志士，是大无畏的英雄，是身经百战的斗士，是人民群众的带路人，是火炬的高擎者与人民的旗手。而我深知自己的幼稚与软弱。我感到了些许的惶惑，乃至失望，如果我都可以成为共产党员，共产党员不是太一般了吗？

我更感到了革命的圣火的燃烧，已经不容惶惑，已经不容退缩，已经不容怀疑斟酌，号角已经吹响，冲锋已经开始，我只能向前向前再向前。

数天后即一九四八年十月十日，我与秦学儒在离冀高不远的什刹海岸边再见刘枫，声明都已认真考虑过了，坚决要做共产党员，把一生献给共产主义事业。刘枫宣布即日起吸收我们入党。秦的候补期为一年，我的候补期至年满十八岁时为止。刘指示我们，由于形势险恶，要特别注意保存力量，严防暴露，细致工作，扩大党的思想影响，并秘密发展外围组织。

然后我从什刹海步行返回位于西四北小绒线胡同的家。一路上我流着热泪唱着冼星海的一首尚未流行开来的歌：

> 路是我们开哟，
>
> 树是我们栽哟，
>
> 摩天楼是我们，
>
> 亲手造起来哟。
>
> 好汉子当大无畏，
>
> 运着铁腕去，
>
> 创造新世界哟，
>
> 创造新世界哟！

我觉得再没有比这首歌更能表达我当时的心情的了。这可以说是我的入党誓词。

不久我们班因为英语教师常常迟到而发生了小小的罢课与集体签名要求更换教师事件。校长穆庚寅前来我班镇压。刘枫很快找到我们，指示目前不宜搞公开的斗争。刘枫并说到对四月十七日的事件他有责任，他做了检讨。他没有细说，我理解是指斗争方式不能违背隐蔽与保存革命力量的原则。

随着革命力量的胜利，国民党也急了，北京的街头到处是"肃清'匪谍'"的标语，由"军警宪"三支队伍组成的"执法队"大卡车在道路上行驶，说是这种执法队有权抓住"匪谍"就地正法。这种疯狂更使我感到了胜利的临近与共产党员的使命。

与此同时，无数普普通通的工人、职员，大中学生中的地下党员与盟员，通过日常生活事务的讨论，通过读书活动、补习活动、改善伙食管理活动、春游活动、看电影的活动、文娱活动直到宗教活动（解放前的一些高、中等学校的基督教"团契"有许多是掌握在地下党手里的）宣传着党的纲领、革命的取向、革命战争的大好形势……扩大着党的思想与组织力量。

我已经相当熟练，不论是谈论一本书，是谈论宿舍的物质条件，是谈论伙食还是谈论一部电影，我都能往一个思想上引：中国需要革命。不久，根据扩大组织迎接解放的要求，我发展了好几个盟员。

刘枫同志并介绍另一位冀高的同级同学徐宝伦与我们相识，指定我们三人组织一个支部，由徐宝伦同志任书记，刘枫特别说明，他考虑过王蒙任书记的事，认为王蒙最近身体不好，还是由徐做更合适。当时我们三个人都是候补党员，但地下工作的许多事必须变通处理。

身体的事是这样，自从上了冀高住校以来，我常常失眠，消瘦苍白。有一次上化学课，老师见我面色太差，把我叫起来，问我是否有肺结核，并嘲笑我说："怎么像个老人苗子？"从此我在班上有了这样恶劣的绰号。后来校篮球队的中锋在透视检查身体时发现了有肺病。我也在此次体检中被多"扣留"了几分钟，待在 X 光室的黑暗中，听大夫用拉丁语说话，我吓得差点闭过气去。

我去白塔寺的中和医院（原中央医院，现人民医院）挂号，看失眠的病，医生断然否定我的主诉，认为一个十三四岁的少年根本没有患失眠症的可能。于是我无处求医。

我为自己的身体不佳而沮丧。我为自己身为地下党员却病恹恹的而沮丧。我也为徐宝伦担任书记而沮丧。我心里极不是滋味。同时又反省自己，党的支部书记，不是官职而是献身，既是党员，就只能大公无私，连生命都可以牺牲，还有什么私利可言？我懂这个道理，但是认识与实际脱节，为是旁人而不是自己担任支书而心乱如麻。更因为自己的理论与实际脱节而充满了困惑与挫折感。

事实上你总要有所舍弃，除了失眠——身体上付出了代价以外，上了高中一心革命之后，我的功课已经不像从前那样得心应手了。河北高中是名校，老教师多，但我觉得他们并不善于循循善诱，学生的提问难不倒他们，往往是同学的提问还没有讲完，老师已经把答案写到了黑板上，但是他们并不多讲过程。我不能确定的是，是由于我太分心才听不进高中老师的课，还是由于老师的课讲得确实不好，我才分了心。我其实已经模模糊糊地感觉到，我走的路已经脱离了幼年时立下的志向：学好功课，金榜题名，有所成就。我已经把自己的命运全部与革命的前途联系在一起了。对于一个学生，原来真的有比功课更重要的事儿。

我们的支部成立后又转入两名党员，接关系时用了暗号。我的地下党员的经验，只有接关系用暗号一点与电影戏剧的情节相像。

解放前夕，我们支部接受了任务，保卫北京，免受破坏。党的经验是，敌军溃败而我军尚未到位时，会出现无政府状态，于是各种犯罪分子会趁火打劫。我们支部的任务是保卫地安门至鼓楼一带的商店铺面人民生命财产，我们做好了华北学（生）联（合会）的袖标旗帜横幅，只等出现这种情况时拉出有组织的学生队伍护民护城。我为此与徐宝伦等实地勘察，绘图。我们是得意扬扬地迎接解放的。现在想起来，当时还是有点轻率，如果被发现，后果不堪设想。

到了一九四九年一月，天津已经解放，解放军与傅作义将军的代表的谈判接近成功，我们领受了散发传单的任务，是中国人民解放军北平军事管制委员会主任叶剑英将军的《告北平市民书》与解放军第四野战部队的文告（是否以林彪名义发出，我已记不清）。我拿着大量传单，首先放到自己所熟识的亲友家、教师家，地下党要求首先重点发给一些有影响的知识分子与社会人士手中，其次就是不管什么人，在胡同里见到一个紧闭的大门，就从门缝里将传单塞进去。这个工作令人充满了幸福感。快乐使人们完全忘记了恐惧。我们支部的后转来的一位同志甚至把文告贴到了布告牌上。而通过散发传单，我们发现，一位美术教师也是地下党员。从他的表现上，你是死活不会想得到的。一次刘枫来给我们送传单，他几乎是毫无隐蔽地将大批传单带在身上，连我都吓了一跳。也许，对于我们来说，光明已经到来，黑暗已经无足挂齿，也许地下党的力量已强大到可以控制局势，而国民党的至少是傅将军的全无斗志，已经使他们提前解除了武装。我算是知道什么叫旧政权的垮台，什么叫革命的凯歌行进了。